KB232179

사랑받는 여자의
조금 다른 습관

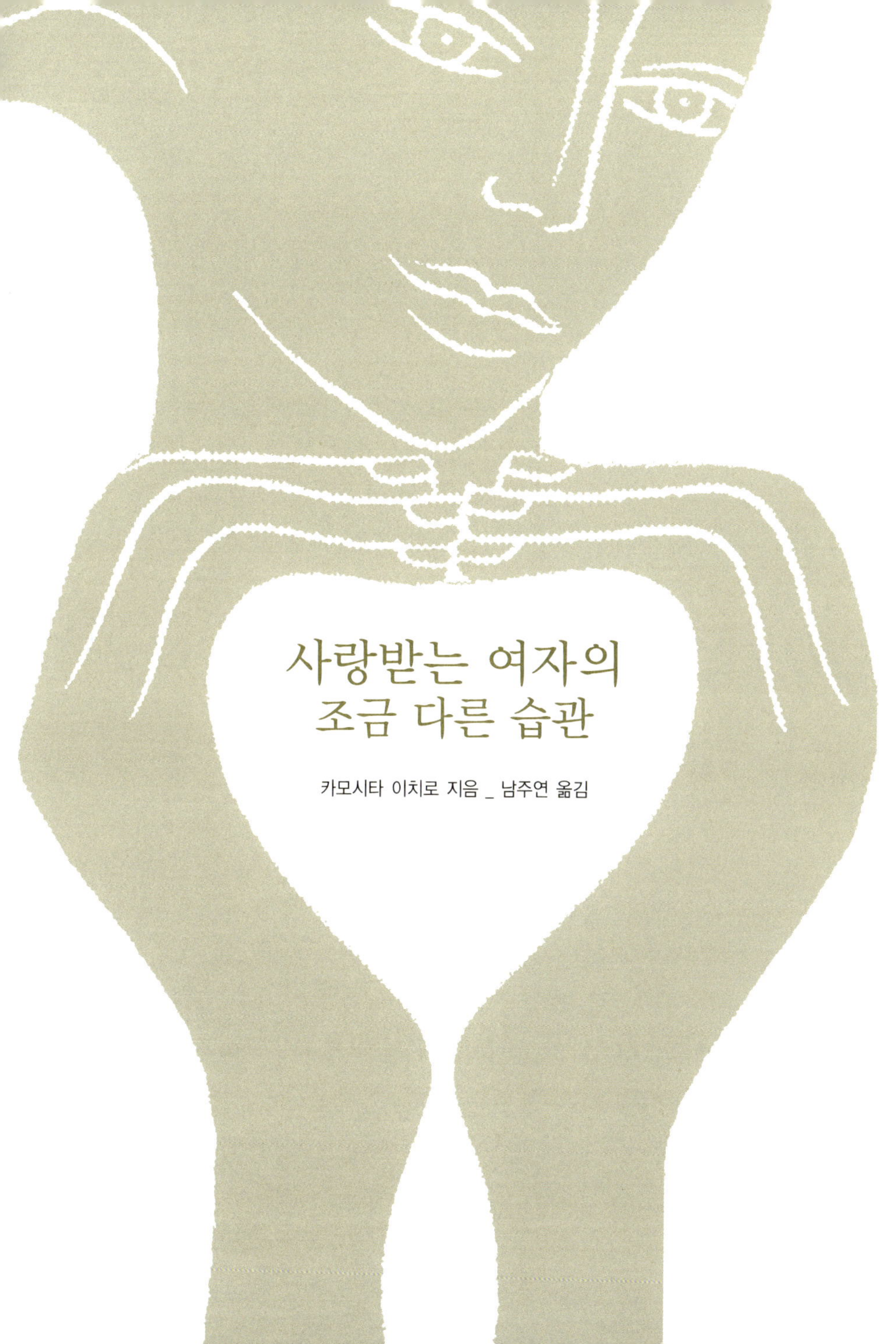

사랑받는 여자의
조금 다른 습관

카모시타 이치로 지음 _ 남주연 옮김

사랑받는 여자의 조금 다른 습관

초판 1쇄 찍은 날 § 2004년 6월 29일
초판 1쇄 펴낸 날 § 2004년 7월 10일

지은이 § 카모시타 이치로
옮긴이 § 남주연
펴낸이 § 서경석

편집장 § 문혜영
편집 및 디자인 § 김희정 · 김민정
마케팅 § 정필 · 강양원 · 이선구 · 김규진 · 홍현경

펴낸곳 § 도서출판 청어람
등록번호 § 제1081-1-89호
등록일자 § 1999. 5. 31
어람번호 § 제3-0032호

주소 § 경기도 부천시 원미구 심곡1동 350-1 남성B/D 3F (우) 420-011
전화 § 032-656-4452 팩스 § 032-656-4453
http://www.chungeoram.com
E-mail § eoram99@chollian.net

ISBN 89-5831-142-8 03830

누구나 과거의 경험이나 기억 속에
이건 쓸 만하다고 말할 수 있는 씨앗이 잠들어 있습니다.
이 씨앗은 잘 갈고닦으면 눈부시게 빛날 수 있습니다.

C O N T E N T S

자신의 '장점'을 충분히 이해하고 자신이 어떤 모습으로 살고 싶은지도 잘 알면서 그것을 아낌없이 드러내는 여성은 남의 눈을 개의치 않고 자유로이 사는 것처럼 보입니다.

사람들은 원하는 것을 얻기 위해 악착같이 일하거나 남과 경쟁하며 자신을 몰아붙이거나, 어느 때는 자신을 잃어버리기도 합니다. 하지만 왠지 그런 여성들은 그런 것과는 상관없이 작은 일에도 기쁨을 느끼고 별거 아닌 일에서도 자신을 풍요롭게 만들 수 있는 사람처럼 보입니다.

여유롭고 애교도 잃지 않으면서 일할 때도 중요 부분만 짚어내어 솜씨있게 처리하는 사람. 자연스러운 상냥함과 배려심을 발휘해서 주위 사람들의 마음을 편안하게 만들어주는 사람. 일, 연애, 인간관계를 막론하고 어느 분야에서나 커다란 매력을 발산하는 사람. 이런 사람이 당신 주위에도 있지 않습니까?

그러나 그들은 특별한 사람이 아닙니다. 누구나 자신의 '장점'을 이해하고 연마하면 그들처럼 될 가능성을 지니고 있습니다.

'필요한 사람'에는 여러 가지 타입이 있습니다. 밝고 활기 차며 자기 주장이 강한 사람, 얌전하지만 중요한 상황에서 의지가 되는 사람. 어떤 타입이라도 공통점은 '자신이 무엇을 하고 싶은지, 자신의 강함이 무엇인지'를 알고 있다는 것입니다.

"나는 앞으로 어떤 사람과 만나고 싶은 걸까? 일하면서 어떤 재미를 맛보고 싶은 거지?"

이것저것 다 가지려 하지 말고 '지금 나에겐 이거야!'라는 것을 결정해서 그것을 얻기 위해 생활을 조금 바꿔보는 것은 어떻습니까? 그것이 가능한 사람에게는 독특한 분위기가 있습니다. 능력있는 사람과 만나고 싶으면 친구와 밤늦게까지 노는 것을 조금 자제하고 아침에 컴퓨터 교실이나 영어 회화 학원에 다닙니다. 지금은 다른 부서지만 어떻게 해서라도 신제품을 기획하는 부서에 가고 싶다면 평소부터 자료 수집을 열심히 해서 상사에게 자연스럽게 자신을 어필하는 겁니다.

이러한 요령을 잘 이해하고 행동하는 사람일수록 존재감이 강해지고 주위 사람들에게 소중한 존재가 됩니다. 그리고 중요한 순간에 꼭 필요한 사람이 될 겁니다.

그것은 연애할 때나 일할 때나 놀 때도 마찬가지입니다. 어쩌면 지금은 '하지만 난 그렇게는 못될 거야' 하고 느낄지 모릅니다. 그러나 누구나 '내가 되고 싶은 사람' 이 될 수 있습니다.

이런 인간관계를 맺었으면 좋겠다. 이런 일을 했으면 좋겠다. 이런 연애를 했으면 좋겠다. 이런 인생을 보내게 되면 더 바랄 것이 없겠다. 이렇게 '내가 이렇게 되면 좋을 텐데…' 하고 바라는 자신의 모습으로 만들어갈 수 있기 때문입니다.

당신의 내면에도 자신만의 '개성'으로 살릴 수 있는 수많은 재료들이 잠들어 있습니다. '이렇게 되면 좋겠다' 하는 생각을 현실화시키기 위해서는 그것이 무엇인지를 알고 꺼내서 연마하면 되는 것입니다.

남은 것은 '하자' 하고 스스로 결심하는 것뿐입니다. 그러면 사람들이 필요로 하는 '선택받는 여자'로 변해갈 수 있을 것입니다.

1장 왠지 인상적인 여성의 공통점

남들과 달라 보이는 사람

매력적인 성격의 소유자는 일식이라면 일식, 프랑스 요리라면 프랑스 요리로 결정하고 상대방에게 '이게 나예요' 하고 말할 수 있습니다. 매력적인 성격의 소유자는 일식이라면 일식, 프랑스 요리라면 프랑스 요리로 결정하고 상대방에게 '이게 나예요' 하고 말할 수 있습니다.

지금까지는 깨닫지 못했어도 지금까지
의 체험이나 경험에서 얻은 유용한 재료는
누구에게나 잔뜩 있습니다.

어디가 다를까?

한눈팔지 않고 열심히 일하는 것 같지도 않은데 언제나 중요한 일을 맡아서 자기 힘을 충분히 발휘하는 사람. 느긋하고 편안해 보이지만 심지는 강한 사람. 자연스러우면서도 어딘가 밝게 빛나는 사람.

세상에는 '이 사람은 겉모습이 그렇게 튀는 것도 아닌데 왜 이렇게나 눈길을 끄는 걸까?' 하는 의문이 드는 사람이 있습니다. 그런 매력을 가진 사람에겐 어딘가 공통점이 있습니다. 그중 하나는 그 사람의 성격을 쉽게 알 수 있다는 점입니다.

언제나 의연해서 높은 분이라고 아부하지 않는 사람, 자기 페이스를 유지하면서도 중요한 일에는 물불 안 가리고 뛰어들 수 있는 사람, 언제나 부드럽고 침착해서 감정의 기복을 별로 드러내지 않는 사람. 그들 중에는 '나는 이런 사람'이라는 부분을 가진 사람이 많은 것 같습니다.

고지식한 표현이지만 그런 사람들은 '나는 이런 성격으로 살겠다'라는 확고한 방침을 가진 것처럼 보입니다. 그들은 자기 자신을 잘 알고 있고 자신을 신뢰하고 있으며 자신감도 있습니다. 그래서 주변 사람들을 명랑하게 대하고 배려할 수 있어서 누구나 다 끌리는 것입니다.

자신의 정체성을 잘 알고 있고 자신다움을 어디에 살려야 할지 아는 사람은 성격이 흔들리지도 않습니다. '나는 이렇다'라는 부분이 확실하게 완성되어 있어서 그 사람이 가진 매력이나 장점이 언제나 주변에 전해지기 때문에 그만큼 다른 사람들의 인상에도 강하게 남는 것입니다.

성격이 완성된 사람은 연애할 때도 '전 이런 사람이에요' 하고 자신감을 갖고 다가갈 수 있습니다. 그렇게 하는 것이 상대방에게 매력적으로 비춰지지 않을까요?

보통은 상대방이 어떤 취향인지 알 수 없습니다. 그래서 어떤 취향에도 맞출 수 있도록 여러 가지 성격을 짬뽕시키곤 합니다. 이것을 요리에 비유하자면 상대방이 어떤 요리를 좋아하는지 모르니까 일식과 프랑스 요리와 중화 요리를 섞어놓고 드시라는 것과 같습니다.

그러나 **매력적인 성격의 소유자**는 일식이라면 일식, 프랑스 요리라면 프랑스 요리로 결정하고 상대방에게 '이게 나예요' 하고 말할 수 있습니다. 그래서 '자신'이라는 존재를 메시지로서 확실하게 전달할 수 있는 것입니다. 욕심 부리지 않고 뭔가 하나를 정해서 자기 것으로 만든 사람이 그 방면의 최고가 되는 것이 아닐까요?

그런 점이 굳이 자신을 선전하지 않아도 주변 사람들에게 '다시 저 사람과 일하고 싶다', '저 사람을 파트너로 삼고 싶다' 하고 생각하게 만드는 것입니다.

'당신밖에 없어'라는 말을 듣는 사람이 되자고 결심한 순간부터 누구나 남들에게 대접받고 필요한 사람이 될 수 있습니다. 그 첫걸음은 '나는 어떤 사람이 되고 싶은 걸까?', '매일 어떻게 살고 싶은 걸까?' 하고 자문하여 자신의 생각을 아는 것일지 모릅니다.

그것을 알기 위해서는 지금까지의 자신과는 다른 시선으로 정말로 중요한 것이나 원하는 것을 발견할 필요가 있습니다. 그러기 위해서는 자신을 한번 되돌아보는 것도 중요합니다.

지금의 자신에게 있어 소중한 것, 그리고 앞으로 자신에게 필요하고 중요한 것을 발견해 나갑니다. 특별히 의식하지 않아도 마음속으로부터 나름대로 소중하게 키워 나가고 싶다고 생각해 온 뭔가를 발견해 나가는 겁니다.

'난 어떤 것을 매우 소중하게 생각하고 있을까?' 하는 부분부터 자신을 바라보기 시작하면 자신에게 어떤 장점이 있는지, 어떤 점을 노력하려고 했는지 점점 보이기 시작합니다. 그렇게 알게 된 개성이나 장점이 자신감으로 이어지는 것입니다.

'여태까지 누구도 날 인정해 주지 않을 거라고 생각했지만 그건 아무도 나의 장점을 알지 못했기 때문일지도 몰라. 이런 면을 키워서 나를 바꿔가자.'

이런 생각을 가지게 되면 자신이 이제부터 어떻게 살아가고 싶은지, 자신이 어떤 사람이 되고 싶은지 눈이 뜨이기 시작해서 새로운 자신을 향한 첫걸음을 내딛을 수 있습니다. 더욱이 '자신의 이상형'이 되기 위해서 필요한 일, 중요한 일을 과거와는 다른 시선으로 발견해 의식적으로 자기 것으로 만들어갈 수 있게 됩니다.

자신만의 확실한 스타일을 가진 사람, '난 이런 사람이고 이런 점이 장점이에요' 하고 스스럼없이 말할 수 있는 사람은 언제나 자연스럽습니다. 그래서 애써 자신을 내세우지 않아도 장점이 자연스럽게 전해집니다. 또한 함께 있으면 마음이 편안해지고 기분 좋게 쉴 수도 있습니다.

그런 사람들은 꾸밈없는 자신에게서 자신을 매력적으로 만드는 재료를 능숙하게 찾아내기 때문에 무리해서 자신을 과장할 필요가 없습니다. 그래서 상대방을 긴장시키거나 피곤하게 만들지 않고 자신의 장점을 보여줄 수 있는 것입니다.

화분 재배를 좋아하거나, 아로마테라피에 대한 지식이 풍부하거나, 사람을 몇 시간이나 기다릴 수 있다거나, 빵 굽기가 특기라거나, 남의 말을 친절하게 들어줄 수 있다거나, 메이크업을 자연스럽게 잘하거나, 열심히 일하는 것을 좋아한다거나…….

"이건 잘해."

"이건 특기야."

"이건 나도 좋은 점인 것 같아."

이렇게 사소하고 별거 아닌 것에서도 자신을 매력적으로 만드는 재료를 발견할 수 있습니다.

예를 들어 남의 말을 친절하게 들어줄 수 있는 사람은 듣는 태도가 좋아서 상대방의 마음을 온화하게 만들어줄 수 있는 장점을 가지고 있을지도 모릅니다. 이것은 마음의 평화를 추구하는 사람에게 있어 커다란 매력이 될 겁니다.

또한, 화분을 기르거나 빵을 굽거나 화장을 잘하는 사람은 그런 부분이 천직을 발견하거나 이상이나 목표를 가지는 계기가 될지도 모릅니다. 실제로 좋아하는 취미를 살려서 창업한 여성도 적지 않습니다.

필요한 사람이나 사랑받는 사람이라도 '특별한 무엇'이 필요하지는 않습니다. 자신이 모자라다고 생각하는 점을 장점으로 살려 나가면 자신만의 매력적인 성격을 만들 수 있습니다.

괜찮을까?

예를 들어 한 번 만나서 잠깐 얘기한 것뿐인데 다시 만나고 싶은 사람이 있습니다. 이렇게 왠지 매력적인 사람들은 자신만의 개성을 지니고 있으면서 무슨 일이든지 결코 무리하지 않고 유유히, 그러나 확실하게 처리할 것 같은 느낌을 줍니다. 또한 직장에서나 연애에서나 자신의 스타일을 관철하고 있으면서도 너무 힘을 주거나 자기주장이 강하다는 느낌을 주지 않습니다.

그런 사람들은 틀림없이 자신을 잘 이해하고 자신의 장점을 훌륭하게 발휘할 수 있습니다. 지금까지 자신 안에 쌓아온 것들, 가치있는 것이 무엇인지를 잘 알고 있기 때문에 중요한 때에 그것들을 요리해서 필요한 것을 제공할 수 있는 겁니다.

남들이 '당신밖에 없어' 라고 말하는 사람들은 상대방이 필요로 하는 것을 당장 제공할 수 있습니다.

그들은 자신에게 어떤 재료가 쌓여 있는지 조사하고 정리해서 쓸 만한 것과 그렇지 않은 것으로 나눕니다. 그리고 쓸 만한 재료를 어떻게 요리할 것인가 생각하고 그때 상황에 따라 다양한 일품 요리를 제공할 수 있도록 합니다.

이것이 가능하기 때문에 그들은 48시간 힘들게 일하지 않아도 자기 페이스를 무너뜨리지 않으면서 일을 처리하고 연애도 즐길 수 있습니다.

그렇게 만들어낸 일품 요리는 완벽할 필요가 없습니다. 중요한 것은 지금 있는 재료로 어떻게 해야 맛있는 요리를 준비할 수 있느냐는 것입니다.

오므라이스를 만들고 싶은데 달걀이 없다면 그 때문에 포기하지 말고 약간의 양파와 닭고기, 케첩으로 치킨라이스를 만듭니다. 케첩도 없으면 간장으로 일식 치킨라이스로 만듭니다. 우동과 양파와 간장이 있으면 오므라이스가 아니라 볶음우동을 만드는 등 그 상황에서 최고의 요리를 금방 만들 수 있게 될 겁니다.

배가 고파서 지금 당장 뭔가 먹고 싶은 사람이 나타났는데 ‘○○가 모자라서 요리를 못하겠어요’ 라고 하면 그 사람은 다른 곳으로 가버릴지도 모릅니다.

"이 일을 해줬으면 좋겠는데 어때?"

"여기서 이런 사람을 모집하는 모양이야."

"그 사람, 애인이랑 헤어진 것 같아."

이와 같은 기회는 언제 찾아올지 모르는 것입니다.

"완벽한 내가 아니어도 좋다. 지금 있는 재료를 사용해서 맛있는 나를 만들자."

이렇게 생각하는 사람은 기회를 잘 잡고 살릴 수 있습니다.

자신에게 있어서는 베스트(best)가 아니라 베터(better)일지도 모르지만 그 일품 요리가 맛있다면 먹은 사람은 충분히 만족할 것입니다. 배고픈 사람이 나타났을 때 먹고 싶은 것을 금방 준비할 수 있는 사람이기에 주변 사람들이 언제나 그 사람밖에 없다 생각하고 필요로 하는 것입니다.

현재에 살린다

예를 들어 옛날에 피아노를 배웠다고 합시다. 중간에 싫증나서 그만뒀을 경우, 피아노 교습으로 남는 것이 아무것도 없다고 생각하고 있지는 않습니까? 피아노는 칠 수 있어도 지금 피아니스트로서 활약하고 있는 것도 아니고 학교 선생님이나 유치원 선생님의 길도 택하지 않았다면 피아노를 배웠어도 칠 수 있다는 사실 자체는 생활에 살리지 못할지도 모릅니다.

그러나 능숙해지고 싶어서 피아노를 매일 열심히 연습했던 일, 발표회를 위해 노력했을 때의 기분, 도저히 잘 칠 수 없었을 때 피아노 선생님이 알기 쉽게 가르쳐 준 방법 등은 현재 생활에 충분히 살릴 수 있지 않을까요?

그런 시점에서 보면 그림을 배웠던 일, 발레나 일본 무용을 했던 일, 선물하려고 스웨터를 짰던 일 등 여러 가지 체험 속에 재료가 될 만한 것들이 잔뜩 있습니다.

그 재료들을 그대로 쓸 수는 없지만 피아노 선생님이 '알기 쉽게 가르쳐 준 방법' 같은 기술은 후배에게 업무를 가르칠 때나 제품을 설명해 줄 때, 프레젠테이션을 해야 할 때 등 여러 방면에서 이용할 수 있습니다.

그것은 심리 상태나 기술이나 좋은 느낌이나 좋아하는 패션일 수도 있습니다. 지금까지는 깨닫지 못했어도 지금까지의 체험이나 경험에서 얻은 유용한 재료는 누구에게나 잔뜩 있습니다.

그것은 그 사람 안에 잠들어 있는 보물, 혹은 재산이라고 말할 수 있습니다. 그런 것들을 잘 살리고 짜 맞춰서 더 나은 자신을 만들 수 있는 사람은 남들이 믿고 의지할 수 있는 사람이 될 수 있습니다.

사람을 매혹시키는 힘을 지닌 사람은 의사소통도 능숙합니다.

'이심전심'이라는 말도 있듯이 확실히 말하지 않으면서도 호의를 전하고 이쪽의 기분을 전하며 상대방의 기분을 헤아리는 등 온몸으로 말하는 듯한 의사소통이 특징입니다.

그러나 이러한 미묘한 의사소통은 일상에서부터 신경 쓰지 않으면 몸에 배지 않습니다. 왠지 근사하게 느껴지는 사람은 대부분 이런 매끄러운 의사소통을 할 수 있도록 신경 쓰고 있습니다.

인사나 대화 같은 의사소통은 1mm만 어긋나도 사람에게 주는 인상이 크게 변하고 마는 것입니다.

예를 들어 '좋은 아침입니다' 라는 말투를 봐도 눈을 가만히 바라보고 미소 지으며 '좋은 아침입니다' 하고 말할 때와 사무적인 말투로 말할 때 받는 인상은 하늘땅만큼 차이가 나지 않을까요?

대화할 때도 상대방의 말을 진지하게 듣고 있을 때는 맞장구 하나로 진지하게 듣고 있다는 사실이 전해집니다.

반대로 적당히 듣고 있을 때는 그 기분까지 전해지고 맙니다.

눈에 힘을 주어 상대방을 쳐다보거나 처음 만난 사람에게 의식적으로 이름을 부르는 등 호의를 전하는 방법을 능숙하게 사용하는 사람은 남들에게 매력적으로 비치고 상대방의 마음을 사로잡을 수 있는 기회도 늘어납니다.

밝고 적극적이며 마음이 담긴 의사소통이 가능한 사람은 사람의 마음을 편안하게 만드는 힘을 가지고 있습니다. 그것이 상대방에게 호감을 주고 자기도 모르게 말을 걸고 싶고 함께 있고 싶은 친밀함을 느끼게 하는지도 모릅니다.

드러내는 비결

누구를 대하더라도 차별하지 않으며 붙임성있고 기분 좋은 의사소통이 가능한 사람은 많은 사람들을 매혹시킵니다. 그 점을 갈고닦으면 자신의 매력이나 존재를 남들에게 알리고 깊은 인상을 줄 뿐만 아니라 **강력한 무기가 되어줄 것입니다.**

누가 불렀을 때 밝은 목소리로 대답하거나 미소 지으며 돌아보거나 부드러운 어조로 '좋은 아침입니다' 하고 인사할 수 있는 사람, 상대방의 말을 미소 지으며 들어줄 수 있는 사람, 미소 짓는 법도 입가에서부터 눈가까지 신경 쓰며 자연스러운

웃음을 지으려고 하는 사람 등 동료나 상사, 친구에게 언제나 이와 같이 대할 수 있는 사람에겐 누구나 말을 걸고 싶어집니다.

이런 사람들은 '저 사람은 내 타입이 아니야', '사귀고 싶지 않아' 라는 이유로 건성으로 인사하거나 차갑고 사무적인 말투로 대답하거나 메시지의 답장도 보내지 않는 등 상대방에 따라 태도를 바꾸는 일도 없습니다.

언제 누구를 상대하더라도 기분 좋고 원활한 의사소통을 할 수 있기에 사람들이 기분 좋은 사람, 함께 있고 싶은 사람으로 여기는 일이 늘어나는 것입니다.

또한 평상시에도 어느 누구 할 것 없이 기분 좋게 대할 수 있기 때문에 중요한 때에도 자연스럽게 그런 태도를 취할 수 있습니다. 이상형인 사람이 나타났을 때도 스스럼없이 기분 좋게 대할 수 있어서 자신의 인상을 강하게 남길 수 있는 것입니다.

2장 자신의 '매력의 형태'를 알고 있습니까?

'자신을 돌아보게 만드는 힘'을 터득하는 첫걸음

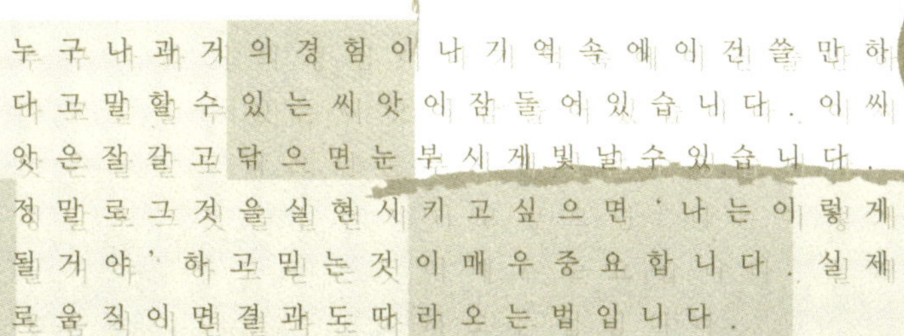

누구나 과거의 경험이나 기억 속에 이건 쓸 만하다고 말할 수 있는 씨앗이 잠들어 있습니다. 이 씨앗은 잘 갈고 닦으면 눈부시게 빛날 수 있습니다. 정말로 그것을 실현시키고 싶으면 '나는 이렇게 될 거야' 하고 믿는 것이 매우 중요합니다. 실제로 움직이면 결과도 따라오는 법입니다.

정말로 그것을 실현시키고 싶으면 '나는 이렇게 될 거야' 하고 믿는 것이 매우 중요합니다. 실제로 움직이면 결과도 따라오는 법입니다.

터뜨려 보자

사람이란 꼭 갖고 싶다고 생각한 것은 손에 넣고 싶어지는 법입니다. 예를 들어 하루 100개 한정인 맛있는 케이크가 있는데 그걸 꼭 먹고 싶다고 생각하면 줄 서는 것도 마다 않고 사려고 합니다.

"꼭 저 케이크가 먹고 싶어. 다른 데에선 못 먹어. 빨리 사러 가지 않으면 다 팔릴 거야."

이런 생각까지 들면 아무리 가게가 멀어도 차를 전속력으로 몰고 사러 가게 됩니다. 매력적인 물건은 그만큼 많은 사람을 끌어들이는 힘이 있는 것일지도 모릅니다.

이런 심리는 연애에서도 직장에서도 인간관계에서도 똑같이 작용합니다.

"이 사람은 내겐 없는 뭔가를 가지고 있어."

"이 사람은 어딘가 남들과 달라."

이렇게 느껴지는 사람은 자신이 의식하지 않아도 사람을 끌어들이는 흡인력을 가지고 있습니다.

남들이 필요로 하는 사람이란 뭔가 있는 듯한 매력의 일부분이 뚜렷이 보이는 사람입니다. 온몸에서 발산되는 색깔이 아주 짙은 사람이라고 말할 수도 있을 겁니다.

색깔이 짙은 사람은 그 사람의 장점이나 개성이 확실하게 느껴지는 사람이기도 합니다. 그 사람 특유의 매력이 분위기에서부터 흘러나와 누구나 그 사람을 곁에 두고 싶어집니다.

자신을 바꾸고 싶다고 생각하면 머지않아 이러한 분위기를 가지게 되어 많은 사람들의 마음을 얻게 될 것입니다. 남들이 필요로 하고 원하는 것을 가질 수 있는 사람이 되고 싶다고 생각하면 신기하게도 점점 필요로 하는 사람이 될 수 있습니다.

체크하는 힌트

세상에는 혈액형 점, 별자리 점, 동물 점 등 여러 가지 점들이 많이 있습니다. 이렇게 점으로서 자신을 아는 것은 '어머나! 난 이런 타입이었구나' 하고 의외의 발견을 할 수도 있어서 어떤 의미로는 즐거운 경험입니다. 그러나 점은 즐겁고 어느 정도 참고는 되지만 그것으로 자신을 이해할 수는 없습니다.

자신이 어떤 사람인지 이해하지 못하면 자신이 원하는 것이 무엇인지, 어떤 것을 추구하고 있는지, 무엇으로 만족할 수 있는지 잘 보이지 않습니다.

‘지금 하는 일과 다른 일을 하고 싶다’, ‘좀 더 책임있는 자리에서 일을 처리해 보고 싶다’ 같이 가까운 목표부터 ‘이런 사람과 결혼하고 싶다’, ‘이렇게 살고 싶다’ 같은 미래의 목표, 그리고 인생을 어떻게 살고 싶다는 장기적인 목표까지 그려봅시다.

도중에 목표를 잃지 않도록 하나의 목표를 끝마치면 다음 목표가 준비되어 있습니다. 이렇게 차근차근 단계를 밟아 원하는 것을 완성해 나가면 일상생활도 인생 그 자체도 알차고 즐거워질 것입니다.

이렇게 장기적인 안목으로 자신이 하고 싶은 일을 발견하고 만들어가기 위해서는 지금 있는 그대로의 자신 안에 어느 정도의 힘이 있는지, 어떤 분야에서 힘을 발휘할 수 있는지를 파악해 두는 것도 중요합니다.

점을 즐기면서도 확실한 이상과 목표를 그리며 일상생활이나 일의 가치를 재발견하는 것, 가까운 곳에서부터 자신을 이해하는 것. 거기서부터 시작해 보는 것이 좋지 않을까요?

앞으로 얻게 될 것

"내가 되고 싶은 사람이 되기 위해서는 뭔가 새로운 것을 배우거나 겉모습을 치장해야 해. 그렇지 않으면 자신을 돋보이게 할 수 없잖아?"

세상에는 이렇게 생각하는 사람도 있을지 모릅니다. 그러나 그럴 필요는 없습니다.

물론 '나는 적극적이지 못하니까', '나에겐 재능이 모자라니까', '나는 낯을 가리니까', '나는 슈퍼모델처럼 예쁘지 않으니까' 처럼 OO가 없어서 안 되는 것도 아닙니다.

누구나 과거의 경험이나 기억 속에 이건 쓸 만하다고 말할 수 있는 씨앗이 잠들어 있습니다. **이 씨앗은 잘 갈고닦으면 눈부시게 빛날 수 있습니다.** 지금의 자신 안에 깊이 잠들어 있는 씨앗을 발견할 수 있으면 특별한 일을 하지 않아도 빛나고 매력적인 모습으로 변해갈 겁니다.

앞장에서도 언급했지만 자신의 장점이 무엇인지 알면 자신다운 매력이 생기게 됩니다. 도저히 혼자서는 발견할 수 없고 생각이 안 나는 사람은 부모님이나 형제, 오랜 친구에게 물어봐도 좋습니다.

"내 장점이 뭐라고 생각해?"

"내가 어렸을 때 특기가 뭐였지?"

"난 어떤 일을 할 때가 제일 즐거워 보였어?"

그러면 그들이 여태까지 보아온 당신에 대해 말해 줄 겁니다.

"넌 그림을 그릴 땐 정신없이 열중해서 말을 걸어도 못 듣기 일쑤였어. 하지만 그럴 때가 제일 생기있어 보였지."

"웃는 얼굴이 너무 귀여워서 사실 속으론 언제나 부러워했어."

"국어 선생님이 작문을 칭찬해 주시자 아주 기뻐했었지. 장래의 꿈이 소설가라고 말했던 적도 있었어."

이런 이야기를 들으면 자신은 이미 잊고 있었던 '특기'나 '좋아했던 것'이 생각날지도 모릅니다. 아니면 자신에 대해 객관적으로 듣고 의외의 면을 알게 될지도 모릅니다. 그것은 자신 안에 있는 씨앗이 늘어나는 것을 의미합니다.

지금까지 살아오면서 경험이나 체험도 나름대로 많이 해왔을 겁니다. 그곳에는 다른 사람에겐 없는 그 사람만의 보물이 잠들어 있습니다.

자기만의 소중한 보물이 있는데 새로운 보물을 얻으려고 이것저것 배우거나 유행만 좇아다니거나 겉모습만 열심히 치장하는 것은 좀 아깝지 않을까요?

예를 들어서 반쯤 쓴 불고기 양념이 아직 남아 있는데도 그것을 잊고 새 양념을 산다면 머지않아 냉장고 안은 반쯤 쓴 불고기 양념으로 가득 차게 됩니다. 아직 반이나 남아 있는 양념을 안 쓰고 버리는 것은 아까운 일입니다.

이와 같이 자신의 기억이나 경험 안에 잠들어 있는 소중한 보물을 사용하지 않는 것도 아까운 일이 아닐까요? 그러니까 먼저 어떤 보물이 잠들어 있는지 발견하는 것부터 시작하는 것이 어떻습니까?

'어린 시절의 꿈'을
기억해 보자

당신은 어린 시절에 어떤 꿈을 가지고 있었습니까? 케이크 만드는 사람이 되고 싶다거나, 발레리나가 되고 싶다거나, 피아니스트가 되고 싶다거나… 어쩌면 예쁜 신부가 되는 것이 꿈이었던 사람도 있을지 모릅니다.

'이런 사람이 되겠다'는 목표가 생기면 이번엔 '이런 일이 하고 싶다'는 꿈 또는 희망으로 이어집니다.

어린 시절의 꿈과는 달리 지금 자신의 꿈은 약간 현실적이면서 삶의 방식과 연관이 있습니다. 번역 일이 하고 싶다, 해외로

유학가고 싶다, 다시 피아노를 배워서 완성하고 싶다, 교외에 있는 집에서 정원을 가꾸며 살고 싶다… 사람에 따라 커다란 프로젝트를 움직이고 싶다고 생각하는 사람도 있을 겁니다.

이러한 '꿈'이나 '이상형'을 갖게 되면 그것이 목표를 향해 전진할 큰 동기가 되어줍니다. '내가 되고 싶은 사람'이 되기 위해 자신이 주체적으로 움직일 엔진이 될 겁니다. 그래서 꿈이나 이상을 가진 사람은 여러 가지 일에 뛰어들려는 에너지로 가득 차 생기가 있습니다.

그러니까 '나는 꼭 이런 사람이 될 거야' 하고 꿈을 계속 가집시다. 에너지가 도중에 끊어지지 않도록 이렇게 생각해 보는 겁니다.

"지금의 나에게 있는 것은 뭐지?"

"뭐가 쓸 만할까?"

"어떤 것을 실현화시킬 수 있을까?"

이러한 시점으로 '내가 되고 싶은 사람'에 대해 생각하면서 꿈을 이루기 위해 움직이지 않겠습니까?

이렇게 나온다

"난 지금까지 이런 인생을 살아왔구나."

이렇게 인생을 되돌아보는 일은 앞으로 어떤 사람이 되고 싶은지, 무엇을 소중히 지켜 나가야 할지, 지금의 나에게 필요한 것은 무엇인지 생각해 볼 때 중요한 힌트가 됩니다.

아르바이트를 열심히 했던 일, 클럽 활동이나 동아리 활동에 열중했던 일, 공부도 열심히 하고 놀기도 열심히 놀았던 나날들…….

그렇게 생각해 보면 '나도 꽤 열심히 살았잖아?' 하는 자신감이 생기기도 합니다.

"난 손님 접대가 특기였지."

"웃는 얼굴이 예쁘다고 칭찬받은 적도 있었어."

"공동 작업도 좋아하고 여럿이서 뭔가를 하는 것이 잘 맞는 것 같아."

이처럼 자신의 장점이나 특기를 재확인할 수도 있을 겁니다.

또한 만일 '이런 목표를 가져도 괜찮을까? 실현시킬 수 있을까?' 하는 불안에 휩싸이게 되더라도 '그때도 굉장히 힘들었잖아. 그걸 어떻게든 이겨냈으니까 틀림없이 괜찮을 거야' 하고 과거에 있었던 위기나 괴로운 체험에서 용기를 얻을 수 있을지도 모릅니다.

그렇게 해서 결정한 목표나 이상은 이것만은 누구에게도 지지 않는다는 자신감이 지탱해 줄 것입니다. 그리고 사소한 일로 포기하지 않고 '열심히 실현시키자', '실현하기 위해 필요한 것을 터득하자' 하는 마음을 가지게 될 겁니다.

상상해 보자

5년 후, 10년 후의 자신을 상상해 보면 자신이 어떤 사람이 되고 싶은지 보이고 어떻게 생활하면 즐겁고 충실히 살 수 있을지가 보입니다.

자신의 마음가짐을 바꾸는 것으로 마음속에 '좋아, 이렇게 되도록 노력하자. 이렇게 살자' 하는 목표가 생기게 됩니다.

그 목표는 '이런 일을 하자' 일 수도 있고 '이런 사람을 인생의 동반자로 삼자' 일 수도 있습니다.

사람은 인생의 목표를 위해 노력함으로써 의욕이 생겨 활기

차게 살아가게 됩니다. 주변 사람들의 반응도 달라져서 머지 않아 바라던 일이 실현될 수도 있습니다.

하고 싶었던 일을 맡게 되거나 마음에 두고 있었던 사람과 인생을 함께하는 목표가 달성되면 커다란 만족감을 맛보게 됩니다. 하지만 달성한 다음엔 어떻게 해야 할까요? 이것도 분명히 생각해 둬야 할 것입니다.

목표란 인생에서 그때 그 시대의 도착점과 같은 것입니다. 그러므로 어떤 목표를 달성해도 그 앞에는 아직 인생이라는 머나먼 여정이 펼쳐져 있습니다. 다음 도착점이 보이지 않으면 앞으로 남은 길을 어떻게 걸어가야 할지 모르게 될지도 모릅니다.

하고 싶은 일이나 인생의 동반자를 얻는 것은 지금의 자신에게 있어 중요한 목표입니다. 그러나 그것만을 목표로 삼고 골인해 버리면 달성한 순간에 '이제 뭘 하면 좋지?' 하고 우두커니 멈춰 서게 되기 쉽습니다.

"이 다음은 뭘 하지? 그 다음은?"

이렇게 장기적인 안목으로 자기 나름대로 인생의 목표를 몇

개 만들어두면 방황하지 않고 목표를 향해 확실하게 나아갈
수 있게 됩니다. 그렇게 되면 생기있고 알찬 인생을 살아갈 수
있을 것입니다.

어디일까?

"내가 그리는 꿈과 이상, 목표를 꼭 실현시키고 싶어."

만일 당신이 이렇게 생각했다면 권하고 싶은 일이 있습니다. 그것은 자신의 가능성을 믿고 하고 싶은 일을 위해 끝까지 노력하는 것입니다.

할 수 있을지 모르겠다며 멈춰 서 있기만 하면 꿈이나 목표를 이루기 위한 첫걸음을 좀처럼 내딛을 수 없습니다. 한 번이라도 좋으니까 '이제 더 이상 못하겠어'라는 생각이 들 때까지 온몸을 불살라 보는 것은 어떻습니까?

번역가가 되고 싶다면 얇은 책을 사서 자기 힘으로 번역에 도전해 봅시다. 또 하고 싶은 기획이나 아이디어가 있으면 통과될 때까지 계속 제출해 보는 겁니다.

있는 힘을 다해 노력해 보면 자신에게 가능한 것과 더 이상은 경험이나 재능이 없으면 힘든 경계선이 보이기 시작합니다.

물론 끝까지 노력하면 어려움을 극복하고 좋은 결과를 얻을 가능성도 있습니다.

그와 반대로 만에 하나 역시 무리한 일이었다고 깨닫게 되는 경우라도 '난 열심히 했어', '완전히 나를 불태울 수 있었어' 하고 생각할 수 있어 좋은 의미에서 포기하는 마음을 가지게 될 것입니다.

또한 끝까지 노력해 보는 행위의 좋은 점은 '내가 노력할 수 있는 한계는 여기까지다' 라는 '기준'을 가질 수 있다는 점입니다.

설령 이번에는 실현시키기 어려웠지만 그 '기준'이 있으므로 어떤 면에서 더 노력해야 된다는 재도전의 요령을 알게 됩니다. 그러면 '이런 부분은 노력했으니까 이것을 목표로 삼아보자' 하는 새로운 목표가 생길지도 모릅니다.

사람의 비밀

"내가 하고 싶어하는 일은 어쩌면 주위 사람들의 말대로 '분수에 넘치는 꿈'일지도 몰라."

"정말로 내가 되고 싶은 사람이 될 수 있을까?"

설령 이렇게 느껴진다 하더라도 정말로 그것을 실현시키고 싶으면 '나는 이렇게 될 거야' 하고 믿는 것이 매우 중요합니다. 실제로 움직이면 결과도 따라오는 법입니다.

남들이 '분수에 넘치는 꿈'이라고 할 만큼 높은 목표나 이상을 내걸고 '이렇게 되고 싶어!' 또는 '이 일을 하고 싶어!' 하고 생각하는 편이 의욕이 부쩍 솟아나지 않을까요? 웬만한 일에는 좌절하지 않는 강인함도 생길 겁니다.

예를 들어서 '호놀룰루 마라톤에 나가 완주하겠다'는 목표를 세웠다면 다음날부터 매일 아침 조깅을 시작하는 겁니다. 첫날은 2km만 뛰어도 숨이 차고 다리가 휘청거릴지 모릅니다. 하지만 아침마다 계속 달리면 힘들지 않게 뛸 수 있는 거리가 늘어나서 '나도 하면 되잖아?' 하고 생각하게 될 겁니다. 몇 개월 뒤에는 10km는 가볍게 뛰게 되고 1년 후에는 호놀룰루 마라톤을 완주할 수 있을지도 모릅니다.

그러나 '완주'라는 결과는 '해보자' 하고 행동을 시작해 포기하지 않고 계속했기에 비로소 얻을 수 있는 것입니다. 처음부터 포기하거나 중간에 그만둬 버리면 꿈도 거기서 끝나 버립니다.

뭔가를 열심히 해보면 자신의 힘이 얼마나 있고 그 꿈을 이루고 싶다는 열망이 얼마나 강한지, 꿈을 이루기 위한 의욕을 계속 유지할 수 있을지 하는 여러 가지 것들이 보이기 시작합니다.

일과 연애, 인간관계나 일상생활에서도 '누군가 해주겠지'에서 '내가 하겠어', '나부터 바꿔 나가겠어'라는 자세로 바꾸어 실제로 움직여 봅시다. 그러면 지금까지 '하고 싶지만 무리일지도 몰라', '나타나기만을 기다리고 있는데 나타나지 않아' 하고 느꼈던 것들을 '사실은 그게 아니었어' 하고 생각하게 될 겁니다. 그리고 주변에서 '그건 분수에 넘치는 꿈이야'라고 말해도 '역시 그렇지?' 하고 포기하지 않고 '내가 되고 싶은 사람이 되기 위해 노력할 거야', '꿈을 이루기 위해 노력할 거야' 하고 말할 수 있는 사람이 될 수 있을 것입니다.

3장 '기회가 많은 내일'을 만드는 10가지 계기

'선택하는 사람'이 되면 자신이 원하는 대로 살 수 있다

만약 만사가 바라는 대로 굴러가지 않는다면 원하는 것을 얻을 수 있도록 노력해 보는 것도 중요하지 않을까요? 누군가 준비해 주기를 기다렸다가 참가하는 것이 아니라 스스로 움직여서 얻는 편이 자신이 원하는 것을 훨씬 빨리 가질 수 있지 않을까요?

확실한 자신감을 가지고 '스스로' 선택
할 수 있는 자주적인 사람일수록 톡 쏘는
향료 같은 사람이 될 수 있습니다. 그리고 남들
의 눈에 매력적인 사람으로 비치고 꼭 필요한 사람이
되어갈 것입니다.

뭔가가 변한다

무슨 일을 꼭 해야 할 때나 뭔가를 꼭 결정해야 할 때 당신은 '내가'라고 말하는 사람입니까, 아니면 '나도'라고 말하는 사람입니까?

예를 들어 친구들끼리 레스토랑에 식사하러 가게 되었다고 합시다. '그럼 어디로 갈까? 누가 좋은 가게 알아?'라는 말이 나왔을 때 '좋은 가게가 있으니까 내가 안내할게' 하고 말하는 사람입니까? '나도 거기 괜찮아' 하고 말하는 사람입니까?

저는 '내가'라고 생각하는 사람과 '나도'라고 생각하는 사람은 전혀 다른 인생을 살 거라고 생각합니다.

‘나도’ 라고 생각하는 사람들은 대체로 모든 일에 소극적이고 수동적이 되는 편입니다. 그들은 남에게 책임을 맡기고 스스로 행동하는 일이 적습니다. 반대로 ‘내가’ 라고 생각하는 사람은 무슨 일이든지 긍정적으로 임하며 스스로 행동하고 스스로 붙잡을 수 있는 사람입니다.

‘도’ 와 ‘가’ 는 겨우 한 글자 차이지만 그 사람이 살아가는 인생은 180도로 다릅니다.

‘내가’ 하지 않으면 모든 것이 움직이지 않는다. 아무것도 움직이지 않는다. ‘내가’ 움직인다고 생각하면 연인도 상사도 사회도 자신의 인생조차도 움직일 수 있다. 그래서 ‘내가’ 노력하면 무슨 일이든지 변한다. 그렇게 생각하게 되면 자신감이 붙어서 생활이 더 더욱 변해간다. 이러한 순환이 이루어지게 될 겁니다.

스스로 노를 저을 수 있으면 자기 힘으로 원하는 것이나 필요한 것을 향해 나아갈 수 있습니다. 그 편이 빠르고 확실하게 손에 넣을 수 있지 않을까요? 그러니까 스스로 노를 저어봅시다. 그 첫걸음은 ‘나도’ 가 아니라 ‘내가’ 라고 말하는 것부터 시작하는 것입니다.

놓치는 입버릇

정말로 믿을 수 있는 사람과 만나서 멋진 연애를 하고 싶다, 정말로 하고 싶었던 일을 맡아서 생기있게 매일을 보내고 싶다 등 많은 사람들이 그렇게 바라고 있을 겁니다.

그러나 '언젠가 누군가가 날 행복하게 만들어주겠지', '기다리고 있으면 누군가가 찾아와 주겠지' 하고 생각하고 있으면 좀처럼 원하는 일이나 필요한 사람과 만나기 어렵습니다.

"언젠가 기회가 오면 나도 잘할 수 있어. 하지만 지금은 그 기회를 못 만났을 뿐이야."

마음속으로 이렇게 생각해도 '언젠가 누군가 오겠지…' 하고 기다리는 동안 그 기회가 온 줄도 모르고 정신을 차리고 보니 10년이 흘러가 버린 경우도 있을 겁니다.

"오늘 미팅도 완전히 꽝이었어. 괜찮은 사람이 전혀 없었어."

"오늘도 또 혼자 남았네. 아무도 말을 걸어주지 않았어."

"아무리 기다려도 같은 일만 맡게 돼. 내 천직은 도대체 어디 있는 거지?"

이런 마음을 품고 있는 사람은 이제는 기다리기만 하는 자신에게서 졸업해야 할 겁니다.

만약 만사가 바라는 대로 굴러가지 않는다면 원하는 것을 얻을 수 있도록 노력해 보는 것도 중요하지 않을까요? 누군가 준비해 주기를 기다렸다가 참가하는 것이 아니라 **스스로 움직여서 얻는 편이 자신이 원하는 것을 훨씬 빨리 가질 수 있지 않을까요?** 더구나 스스로 움직이는 편이 하루하루를 더욱 알차고 즐겁게 만들어줄 것입니다.

디즈니랜드에는 배를 타고 강을 내려가는 스플래시 마운틴이란 놀이 기구가 있습니다. 재미있는 놀이 기구라서 저도 좋아합니다만 남이 만들어놓은 기구를 타고 즐기고 있다 보면 가끔씩 마음 한구석에서 즐겁지 않은 자신을 발견할 때가 있습니다.

그보다는 진짜 강에 배를 띄우는 편이 몇 배나 재미있고 만족감도 맛볼 수 있을 겁니다. 만들어진 모조품이 아닌 자연의 강을 따라 내려가면 예기치 못한 즐거움을 만날 수 있기 때문입니다.

완만했던 물살이 갑자기 빨라지며 눈앞에 폭포가 보입니다.

'자아, 어쩌지? 보트가 뒤집히지 않도록 해야 할 텐데. 그러기 위해서는 어떻게 해야 할까? 어떤 준비를 해두면 되지?'

이렇게 앞일을 예측하고 문제를 잘 극복하고 강에서 바다로 나온 순간의 느낌은 뭐라 말할 수 없을 것입니다. 달성감, 만족감, 기쁨… 그 모든 것이 밀려올 겁니다.

그 감동은 남이 만들어놓은 스플래시 마운틴에서는 맛볼 수 없는 것입니다. 스스로 계획하고 생각하고 행동했기에 비로소 맛볼 수 있는 것이고 참가하는 것이 아니라 스스로 움직이는 체험이기에 더욱 감동일 겁니다.

이와 같은 감동을 연애나 직장, 인간관계에서도 경험할 수 있다면 어떻겠습니까?

틀림없이 감동과 체험 하나하나가 자신에게 커다란 기쁨과 자신감을 줄 겁니다. 그리고 그 만족감과 충실감을 맛봄으로써 자신의 개성도 빛나게 될 겁니다. 그것이 그 사람의 색깔을 짙고 돋보이게 만들어주지 않을까요?

사람 중에는 이런 사람들도 있습니다. 그들은 스스로 행동할 수 있습니다. 자기 나름의 개성도 있고 나름대로 존재감도 있어서 일상생활도 그럭저럭 충실합니다. 그런데 이때다 싶을 때는 힘을 발휘하지 못하고 끝나 버려서 후회만 하는 사람입니다.

예를 들어 희망하던 직장으로 옮기기 위한 면접 자리에서 자신이 생각했던 것, 공부해 온 것을 한마디도 말하지 못하고 누구라도 말할 수 있는 뻔한 이야기밖에 못했습니다.

경제가 특기였는데 프레젠테이션 자리에서 많은 사람들 앞에 서자 길거리 인터뷰에 나온 사람처럼 묻는 말에 대답밖에 못했습니다. 나중에 다시 생각해 보니 하고 싶은 말도 잔뜩 있었고 원래대로라면 제대로 말할 수 있었습니다. 그런데 마음이 동요되자 자신의 능력을 전혀 발휘하지 못하고 말았습니다. 다음엔 잘하자고 생각해도 지난번 실패가 눈앞에 어른거리는 바람에 괜히 허둥대서 결국 제대로 풀리질 않습니다.

이렇게 되면 어느샌가 마음속으로 '역시 난 쓸모없는 사람인지도 몰라' 하고 생각하게 될지도 모릅니다.

한편, 세상에는 이때다 싶을 때 제대로 능력을 발휘하고 자신의 인상을 주변에 강하게 새기는 사람도 있습니다. 그중에는 자신의 능력 이상의 힘을 낼 수 있는 사람도 있습니다. '저 사람처럼 되면 소원이 없겠다' 하고 남몰래 동경하게 되는 사람은 존재하는 것입니다.

하지만 그렇다고 해서 그런 사람들을 부러워할 필요는 없습니다. 누구나 그렇게 될 수 있는 가능성을 가지고 있기 때문입니다.

'이런 내가 변할까?' 하고 걱정할 필요는 없습니다. 개성도 있고 존재감도 있는 사람은 조금만 더 노력하면 됩니다. 부족한 것은 자신에 대한 신뢰감, 자신이 자신답게 있을 수 있는 자신감입니다. 그것을 얻기 위한 최후의 벽을 넘지 않았을 뿐입니다.

그 벽은 결코 높지 않습니다. 벽을 넘으면 마지막엔 '가장 중요할 때 힘을 낼 수 있는' 사람이 될 수 있습니다.

자신이 보인다

주변 사람들이 자신을 바꾸고 싶고 지금의 자신에서 달라지고 싶다고 할 때 저는 '물건을 버리세요' 하고 권합니다.

'물건을 버린다'는 것은 불필요한 물건을 정리하는 것입니다. 부모님이 거금을 들여 사주신 비싼 피아노도 십수 년이나 먼지를 뒤집어쓰고 있으면 큰마음 먹고 버립시다. 보너스를 탈탈 털어서 장만한 명품 핸드백도 몇 년이나 옷장에 처박아 두고 안 쓴다면 버립시다. 그렇게 하면 정말 필요한 것만 남습니다.

이렇게 필요없는 것과 결별하는 일은 새로운 나로 다시 태어나기 위한 첫 번째 방법입니다.

예를 들면 결혼도 그렇습니다. 결혼은 지구상에 있는 수많은 결혼 대상자 중에서 한 명을 고르지 않으면 안 됩니다. 즉, 결혼할 상대를 제외한 모두를 버리는 일이라고도 할 수 있습니다. 버림으로서 자신에게 제일 중요한 한 사람을 남길 수 있다는 말입니다.

필요없는 것을 버린다는 것은 쌓아놓기만 해서 난장판이 되어버린 상태와 결별하는 것입니다. 그러기 위해 꼭 해야 할 일이 방 정리입니다.

먼저 신발장을 정리하고 서랍 속과 옷장 속을 정리합시다. 안 신는 구두, 안 입는 옷, 그리고 쓸모없어진 물건 등을 물리적으로 거침없이 정리해 버립시다.

앨범 속에 있는 쓸데없는 사진, 옛날 남자친구의 사진이나 여행 사진 같은 것은 미련없이 버립니다. 옛날에 신었던 가느다란 하이힐도 큰마음 먹고 내버리세요. 옛날 남자친구가 준

선물도, 학생 시절에 친구로밖에 생각하지 않았던 남자가 보낸 물건도, 자기 취향이 아닌데 점원이 억지로 권해서 사버린 옷도, 여행 기념품으로 사온 장식품도, 안 듣는 CD도, 안 읽는 책도 '결별한다'는 강한 의지를 가지고 선뜻 버리는 것이 중요합니다.

독신 생활이라면 냉장고 안을 정리하는 것도 중요할 겁니다.

그렇게 지금의 자신에게 있어 필요없는 것을 미련없이 버리면 응어리져 있던 기분이 후련해져서 마음속이 깨끗해질 겁니다.

아는 사람이 되자

'버리는' 작업은 머리 속의 정리가 안 되면 할 수 없습니다. 바꿔 말하자면 물건을 정리하는 행위는 머리 속의 정리도 되어서 문제의식이 선명해지는 효과가 있습니다. 그래서 물건을 버리면 기분이 후련해지고 마음속도 가벼워지는 것입니다.

먼지를 뒤집어쓴 옷이나 손잡이에 곰팡이가 핀 핸드백에도 각자 많은 추억이 있을 겁니다. 하지만 '자립'을 목적으로 그런 것들을 정리하고 분류해서 가방 하나로 이사할 수 있을 만큼 작지만 실속있게 만듭시다.

자신이 들 수 있을 만큼 혹은 관리할 수 있을 만큼만 주변에 남겨둡니다. 그런 작업을 계속하면 그동안 머리 속에 끼어 있던 안개가 스윽 걷힐 겁니다.

머리 속이란 실제로 형태를 가지고 눈으로 보이는 것이 아니라서 '자아, 정리해 보세요'라고 해도 정리할 수 없을 겁니다. 하지만 사실 머리 속과 현실에 있는 자신의 방 안은 100% 똑같습니다. 자신의 머리 속이 투영된 것이 바로 자신의 방인 것입니다.

'정리할 수 없는 사람'은 사실 머리 속을 정리할 수 없는 사람이기도 합니다. 머리 속이 난장판이면 방 안도 역시 난장판입니다. 방 안에 있는 물건을 깨끗이 정리 정돈하고 필요없는 것을 버리면 자신의 머리 속도 깨끗하게 정리됩니다.

'이건 필요할까, 안 필요할까?', '정말로 쓸모가 있을까, 없을까?' 그렇게 진지하게 음미하며 정리해 나가면 뇌 속에 있는 기억의 일부가 움직이기 시작합니다. 말하자면 물건 정리는 기억의 정리이기도 합니다. 물건을 버리면서 불필요한 기억과 감정도 함께 정리할 수 있는 것입니다.

부모님이 뭐든지 다 해줬던 어린 시절의 추억, 남들에게 맡기기만 하면 되던 경험. 이러한 것도 불필요한 물건과 함께 정리함으로써 진정한 의미의 자립이 시작되는 것입니다.

정리하자

물건을 정리하면 지금까지의 자신의 모습이나 생활 방식이 뚜렷하게 보이기 시작합니다. 특히 신발은 자신의 생활 방식을 그대로 반영한 것입니다. 그러므로 신발장 정리는 과거의 생활과 결별하고 앞으로의 생활 방식을 확립시키는 것이기도 합니다.

신발장 속에는 회사에 다니기 시작하고서 거의 신지 않게 된 화려한 뾰족구두, 디자인과 브랜드에 끌려서 샀지만 걷기 힘든 하이힐, 조깅이나 할까 하고 샀던 런닝화, 유행이라서 샀던 나이키의 캐주얼 스니커즈 등이 잔뜩 들어 있을 겁니다.

거기 있는 것은 어른이 되고 나서 지금까지 자신의 생활 전체입니다. 그런 자신의 생활을 정리하기 위해서 신발들을 다 끌어내는 겁니다.

"스니커즈는 이제 안 신으니까 버리자. 하이힐은 남겨둬야지."

"명품 구두는 버려야겠어. 이 스니커즈는 보관해 두자."

이렇게 해서 척척 정리해 나가면 생활 방식도 180도로 변하게 될 겁니다.

설령 추억이 담겨 있어서 버릴 수 없는 신발이 잔뜩 있어도 마음을 독하게 먹고 정리해야 합니다. 정리라는 것은 그저 숫자를 줄이는 것이 아니라 생활의 질을 바꾸는 것이기도 하기 때문입니다.

추억 어린 신발은 한 켤레만 남겨두세요. 그 이외의 신발은 지금의 내 모습과 생활 방식을 이모저모 생각해서 정리해 나갑시다.

"지금의 나를 생각해 보면 굽이 낮은 실용적인 신발만 있으면 충분하겠어."

그렇게 생각한다면 그런 신발을 춘하추동에 맞춰서 남겨두고 나머지는 버립니다. 말하자면 자신에게 필요한 물건을 결정하는 작업이 바로 '버리는' 행위입니다.

'몽땅 버리면 뭔가 잃어버린 듯한 기분이 들어 무섭고 쓸쓸해'져 괜히 버리지 못하면 그것은 아무것도 결정하지 못하는 것과 같다고 말할 수 있습니다. 무슨 일이 중요하고 뭐가 필요치 않은지 결정하는 훈련이 안 되어 있다는 말도 되겠지요.

버리는 작업은 중요한 것만 선택하는 훈련입니다. 그것으로 일과 연애, 인간관계나 삶의 방법에서도 여러 면에서 자신에게 필요한 것을 취사 선택할 수 있게 될 겁니다.

만드는 습관

방을 정리하다가 소중한 추억이 담겨 있어서 도저히 버릴 수 없는 물건이 나오면 자신의 영광의 증거라고 할 만큼 특별한 물건을 우선 순위를 매겨서 세 개까지 남겨둡시다. 전부 추억이 담겨 있어서 버릴 수가 없어 이것저것 남겨둔다는 것은 아무것도 정리하지 못하는 것과 같습니다.

추억의 물건을 하나로 정리하는 것은 지금까지의 자신의 인생을 집약하는 것입니다. 한 가지 추억만 남겨두고 나머지를 버리는 것이 아닙니다.

예를 들어 고등학생 시절 클럽 활동에서 썼던 낡은 테니스화를 버리고 좀 더 의미가 깊은 구두를 남겨둡니다. 이 구두는 고교 시절부터 현재에 이르기까지 10년간의 추억이 전부 집약된 물건입니다. '고등학생 시절에 열심히 노력했던 내가 있었기에 이 구두를 신고 있는 내가 있다' 그렇게 생각하면 여기저기 흩어져 있던 추억이 하나의 흐름으로 집약될 겁니다.

사람의 육체는 하나밖에 없습니다. 고교 시절의 자신과 지금의 자신, 두 사람이 있는 것이 아닙니다. 지금의 자신은 수많은 과거를 경험하고 여기 서 있는 존재입니다. 그렇기 때문에 현재의 내가 여기 있다는 증거가 될 가장 소중한 기념품 하나만 남겨두는 걸로 충분합니다.

사진도 그렇습니다. 그 시절 그 나이 대에 가장 잘 찍힌 사진만 몇 장만 남겨두면 나머지는 그다지 필요가 없습니다.

추억의 물건을 정리하는 것은 자신의 과거를 정리하는 것으로도 연결됩니다. 가시적인 형태로 남겨두는 물건은 단 하나뿐입니다. 거기에 과거를 한데 모아서 정리하는 겁니다. 과거를 과거로서 깨끗이 정리하면 사소한 과거에 얽매이지 않게 됩니다. 그렇게 되면 내일부터는 단순하게 살아갈 수 있을 것입니다.

보이기 시작한다

추억이 담긴 물건을 정리하고 버리는 일은 자신에게 조금 힘들고 괴로운 작업일지도 모릅니다. 하지만 그것을 계속하다 보면 머지않아 마음속에서 작은 목소리가 들려오게 될 겁니다.

"왜 난 이런 일을 하고 있는 걸까?"

"어째서 소중한 물건을 버려야 하는 거야?"

"뭘 위해서 이렇게 괴로운 일을 하는 거지?"

갑자기 들려온 목소리로 인해 마음속에 있는 자신과의 대화가 시작됩니다.

“이렇게 괴로운 일은 그만둬 버릴까?”

“하지만 그만두면 결국 원래의 나로 돌아가 버리는 것이 아
닐까?”

“그렇지만 정말 이걸로 새로운 나로 다시 태어날 수 있는 거
야?”

여러 가지 목소리가 들려와서 여러 가지 대화로 확대될지도
모릅니다.

자신의 마음에서 들려오는 목소리에 귀를 기울여 보면 이런
기분이 씩틀지도 모릅니다.

“그러고 보니 태어나서 오늘날까지 여러 가지 체험을 해왔
구나. 아프기도 했고 실연도 했고 힘든 일이나 슬픈 일도 겪었
지만 즐거운 경험도 있었어. 그런 것들이 있어서 지
금의 내가 있는지도 몰라.”

그런 기분이 이러한 실감으로 이어지는 일도 적지 않을 겁
니다.

“내게 주어진 시간이나 나라는 존재를 소중히 여기면서 나
나름대로 여기까지 왔으니까 앞으로도 그런 점을 중요시하면

서 나답게 살아가고 싶어.”

만약 이런 실감을 가지게 된다면 ‘나답게’ 사는 일이 어떤 것인지 흐릿하게나마 보이기 시작할 겁니다. 그리고 거기서 더욱 새로운 내가 되기 위한 이상이나 목표가 생겨나서 ‘자아, 열심히 하자’ 하고 생각하게 될지도 모릅니다.

사랑받는다

자신에게 **자신감을 가질 것**, 자신이 자신답게 있는 것에 자신감을 가질 것. 남들에게 '당신이니까 부탁하고 싶어', '당신과 함께 있고 싶어'라는 말을 듣는 사람이 되기 위해서는 이 두 가지가 대단히 중요합니다.

이 두 가지를 지닌 사람은 자신을 선전하는 요령이나 자신만의 개성을 발휘할 수 있는 사람, '자기 색'이 짙은 사람이 될 수 있습니다. 또한 자기 색이 짙다는 것은 자신의 특기 종목이 많다는 것입니다.

특기 종목은 지금까지 살아온 인생 속에서 생겨납니다. 여러 가지 경험, 체험에서 얻은 무언가를 열심히 갈고닦아서 만들어가는 것입니다.

사람은 누구나 다 지금까지 살아온 인생에서 얻은 것을 자기 안에 쌓아두고 있습니다. 그러나 무엇을 쌓아두고 있는지는 의식적으로 찾지 않으면 발견할 수 없습니다.

하지만 만약 발견해서 빛이 나도록 연마하면 그 무언가는 자신의 특기 종목으로 변해서 자기 나름대로의 매력이 되어 그 사람의 색깔을 짙고 뚜렷하게 만들어줄 것입니다.

자신 안에 묻혀 있는 무언가를 찾아내서 특기 종목으로 바꿔봅시다. 예를 들면 마음속에 깔끔하게 정리된 향료 선반 같은 이미지를 만들어 자신의 특기 종목을 거기 놓고 언제라도 꺼낼 수 있도록 하는 겁니다.

그렇게 하면 자신을 더 더욱 매력적인 사람으로 바꿔갈 수 있지 않을까요?

단 선반에 놓는 것은 열심히 연마해서 진짜 특기 종목이 된 것이어야 합니다.

"갑자기 생각나서 요리책을 보고 이탈리아 요리를 만들어봤어. 하지만 생각처럼 잘되지 않는 것 같으니 이탈리아 요리는 그만둘래. 나한텐 잘 안 맞는 모양이야. 이번엔 일식으로 해볼까?"

이것을 반복하고 있으면 요리가 좀처럼 손에 익지 못할 겁니다.

그러나 요리를 철저하게 공부해서 요리책을 보지 않아도 이탈리아 요리부터 일식까지 척척 만들어낼 수 있게 되면 선반에는 '요리'라는 특기 종목이 하나 늘어나게 되어 자신을 돋보이게 할 향료로 쓸 수 있습니다. 그것이 그 사람의 진정한 매력이 되는 겁니다.

일, 연애, 결혼, 인간관계 모든 분야에서 특기 종목을 선반에 잔뜩 늘어놓게 된다면 자신의 내면이 충실해지고 향료가 들어가 톡 쏘면서도 감칠맛이 나게 됩니다. 그러면 자신의 아이덴티티에 자신감을 가지게 되어 존재감있는 사람이 될 수 있습니다.

그런 사람은 남들의 눈에 중요한 순간에 꼭 필요한 존재, 누구도 대신할 수 없을 만큼 특별한 존재로 비칠 것입니다.

확실한 자신감을 가지고 '스스로' 선택할 수 있는 자주적인 사람일수록 톡 쏘는 향료 같은 사람이 될 수 있습니다. 그리고 남들의 눈에 매력적인 사람으로 비치고 꼭 필요한 사람이 되어갈 것입니다.

숨어 있는 법칙

'나는'이라는 마음을 가지고 스스로 선택하고 움직일 때 주의해야 할 것은 주체적으로 움직이는 '나는'과 자기중심적인 '나는'은 전혀 다르다는 것입니다.

예를 들어 뭔가 가지고 싶은 것이 있습니다. '나 이게 가지고 싶어' 하고 생각했을 때, 부모님에게 사달라고 조르는 것과 어떻게든 자기 힘으로 손에 넣는 것은 자신에게 돌아오는 것이 전혀 다릅니다.

'내가 이게 가지고 싶으니까 사줘' 하고 말하는 것은 쉽게 말해서 응석이자 자기중심적인 '나는' 이라고 할 수 있습니다. 이와 반대로 아르바이트를 하거나 집안일을 돕고 받은 용돈을 모아서 사는 것처럼 스스로 벌어서 원하는 것을 손에 넣는 것은 자기 스스로 주체적으로 움직여서 얻은 결과입니다.

주체적으로 움직여서 뭔가를 손에 넣는 사람에게는 달성감과 동시에 자신에 대한 자신감이 생깁니다. 그렇게 되면 선반의 내용물이 늘어나서 그 사람의 깊이가 더해지고 존재감도 생깁니다.

무슨 일이든지 자기 힘으로 해내는 사람은 자신감에 넘쳐서 남들의 눈에 좋은 의미로 자신에게 긍지를 가진 사람으로 보일 겁니다. 그 긍지가 커다란 흡인력이 되어 사람을 끌어들이고 일종의 카리스마로 변할지도 모릅니다.

'나만 좋으면 돼', '남들이 뭐라고 생각하든 상관없어. 나는 나야' 하고 자신을 드러내는 것이 아니라 '원하는 것을 얻기 위해 내 힘으로 계획을 세울 거야' 하고 자신을 드러내면 남들과 다른 빛을 내뿜게 됩니다.

마지막에 선택받는 것은 역시 인간적인 존재감이 있는 사람, 눈부시게 빛나는 광채를 지닌 사람입니다. 어깨에 힘을 빼고 편안하게 있는 것 같아 보이지만 왠지 매력적으로 보이는 사람 중에는 이런 사람이 많지 않을까요?

누군가가 최종적으로 자신을 이끌어주고 행복하게 만들어 줄 거라고 생각하며 살아가면 사람을 끌어당기는 매력이 좀처럼 생기지 않습니다. 그런 삶의 방식을 부정하는 것은 아니나 역시 진로, 직업, 회사, 친구에서부터 생애의 동반자, 그리고 인생의 방향성 등을 '나 스스로 선택해 왔다'고 말할 수 있는 사람이 되면 어떨까요?

그렇게 말할 수 있게 되었을 때 그 사람은 인생의 승리자가 될 수 있을 것입니다.

4장 '행복한 체질'을 만드는 몸과 마음의 습관

내면에서부터 강해지는 힌트 11가지

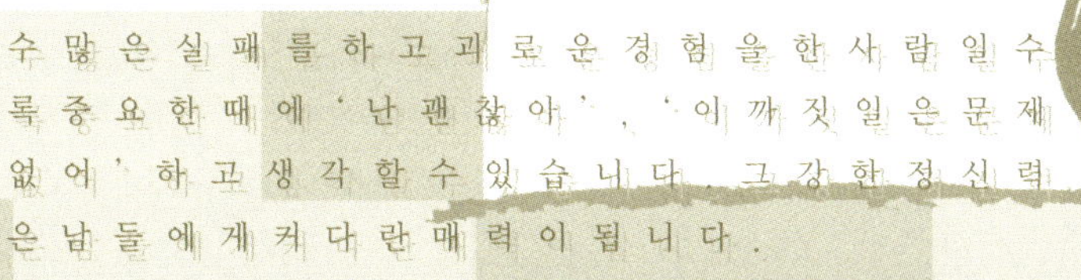

수많은 실패를 하고 괴로운 경험을 한 사람일수록 중요한 때에 '난 괜찮아', '이까짓 일은 문제 없어' 하고 생각할 수 있습니다. 그 강한 정신력은 남들에게 커다란 매력이 됩니다.
괴로운 경험도 자신의 소중한 재산의 하나로 삼을 수 있는 사람은 사람을 끌어들이는 흡인력을 가질 수 있는 사람입니다.

생활 시간대가 변하면 이렇게 다른 세
상이 열리게 됩니다. 지금까지의 생활 패
턴으로는 만날 수 없었던 새로운 것, 새로운 사
람과 만날 지회도 생길 겁니다.

지름길

이 사람과 사귀면 좋겠다, 이 회사에 들어갔으면 좋겠다, 저 일을 맡았으면 좋겠다 등 마음 한구석에서 이렇게 생각하는 사람은 많을 것입니다. 하지만 실제로 소망을 실현시키기 위해 노력하는 것은 아주 어렵습니다.

예를 들어 좋아하는 사람에게 대시해 봤지만 그 사람의 반응은 절망적입니다. 커플이 될 수 없다고 깨닫게 된다면 당신은 '나는 그이 취향이 아닌가 봐', '역시 나는 안 되는구나' 하고 금방 포기해 버리겠습니까?

물론 세상에는 기회가 눈앞에 있는데도 죽을힘을 다해 붙잡지 못하고 '역시 나한테는 무리야', '역시 노력이 부족했어' 하고 일찌감치 포기해 버리는 사람이 더 많을지도 모릅니다.

하지만 이렇게 생각해 본 사람은 적겠지만 '그 사람은 내가 아니면 절대로 안 돼' 하고 믿음으로써 길이 열리는 일도 있습니다. 물론 상대방은 '저 사람은 내 취향이 아니야', '저 사람 말고도 여자는 많아' 하고 생각할지도 모릅니다. 그래도 '나는 당신에게 필요한 사람이야. 당신을 행복하게 만들어줄 수 있는 사람은 나밖에 없어. 나 말고도 여자는 많겠지만 모두 당신과 사귀면 자신이 행복해질 거라고 생각하고 있어. 하지만 난 달라. 나랑 사귀지 않으면 당신은 행복해질 수 없어' 하고 믿고서 '난 지금 당신을 위해서 대시하는 거야' 라는 기분으로 부딪쳐 보면 상황이 변할 수도 있습니다.

처음엔 'NO' 라고 하면서도 그의 마음속에는 '날 행복하게 만들어줄 수 있는 사람은 자기밖에 없다고 말했지? 다른 여자랑은 좀 다른데? 왠지 흥미가 가는군' 이란 마음이 싹트고 있습니다. 그게 최후의 결정타가 되는 일도 적지 않습니다.

자신이 행복해지고 싶다고 생각하는 것이 아니라 '내가 당신을 행복하게 만들어주겠어' 하고 생각해 봅시다. 그 마음은 큰 힘이 될 겁니다. 자신이 아니라 그 사람을 위해 노력하자고 생각하는 것으로 다른 길이 열릴지도 모릅니다.

'내겐 회사가 필요해' 또는 '내겐 그 사람이 필요해'가 아니라 '그 사람에겐 내가 필요해' 하고 생각할 수 있으면 결과가 좋지 않을 때도 자신감을 가지고 '왜 날 선택하지 않는 거야?' 하고 생각할 수 있게 됩니다.

그러나 대부분의 사람들은 'NO'라는 대답을 들으면 복권이 안 맞은 것처럼 '별수없지' 하고 쉽게 포기해 버리곤 합니다. '왜 날 선택하지 않는 거야?'라는 생각은 가지지 못합니다. 그것은 서로 경쟁하고 싸우며 받기만을 바라는 인간관계를 계속해 온 탓일지도 모릅니다.

“어째서 연락을 주지 않는 거야?”

“나를 재미있는 곳으로 전혀 데려가 주지 않잖아?”

“날 즐겁게 해주지 않아.”

이렇게 ‘상대방이 해주기만을 바라는 관계’를 계속하면 ‘베 푼다’는 발상도 생기기 힘들지 않을까요?

살짝 시점을 바꿔보면 받기만 바라는 사람만 많으니까 베푼 다는 발상을 가진 사람이 훨씬 돋보인다고 할 수 있습니다. ‘당신에게 필요한 사람은 바로 나야’ 하고 말 할 수 있는 사람이 확실히 눈에 띌 겁니다.

상대방에게 자신이 필요하다고 생각할 수 있는 사람은 상대 에게 주는 인상이 강해지는 것과 동시에 그 마음을 밑거름 삼 아 자기 자신도 강해질 수 있습니다.

‘어머니는 강하다’라는 말이 있습니다. 어머니는 아이가 죽 을 위기에 처했을 때 굉장한 힘을 발휘해서 아이를 지키기 위 해 이를 악물고 버팁니다.

상대방을 위해 노력하는 마음은 바로 이런 어머니와 같은 힘을 솟아나게 해주는 경우가 많습니다. 그런 힘이 생기면 많은 일을 돌파할 수 있는 기운으로 변화시킬 수도 있을 것입니다. 또한 어떤 결과가 나오더라도 자신감을 가지고 상대방을 위해 행동할 수 있는 힘이 생길 것입니다.

선택법

머그컵이 사고 싶어서 시장에 나갔다고 합시다. 지나가다가 그럭저럭 괜찮은 컵이 있었습니다. 가격은 비쌌지만 '뭐, 괜찮겠지' 하고 샀습니다. 그런데 다른 가게에서 훨씬 근사한 컵을 반값에 팔고 있었습니다.

세상에는 이런 일이 자주 일어납니다. 그것이 머그컵이라면 후회도 작겠지만 만일 배우자를 선택하고 직장을 선택할 때라면 그것도 평생을 함께하기 위해 선택할 때라면 후회가 더 더욱 클 것입니다.

좀 과장된 예일지 모르지만 무엇을 고를까 하는 선택은 승부에서 이기고 지는 것과 같습니다. 컵을 고르는 것도 승부는 승부. 단지 승부의 규모가 작아서 패해도 큰 피해를 입지 않고 끝납니다.

그러나 연인을 선택하고 배우자를 선택하고 직업을 선택하게 되면 승부의 규모도 커집니다. 자신의 인생에 영향을 미칠 승부이기 때문에 실패한다면 상당한 피해를 입을 것입니다.

그렇다고 패배가 두려워서 승부에 나서지 않으면 조금이라도 이길 수 있는 가능성을 처음부터 제 손으로 내버리는 것과 같습니다. 승부를 걸 용기를 가지는 것도 자신에게 소중한 것, 또 필요한 것을 얻기 위해서는 중요한 일이 아닐까요?

만일 이기고 싶다면 역시 자신의 안목을 단련하는 것이 무엇보다도 중요합니다. 여러 선택지 속에서 '이거다!' 하고 고를 수 있는 안목이 없으면 팔다 남은 떨이를 사게 될 위험성도 있습니다.

왠지 마음에 들어서 눈도장을 찍은 물건들 중에 자신에게 가장 좋은 것을 선택하는 것, 그리고 승부를 거는 것이 자신에게 정말로 필요한 것을 얻기 위한 요령입니다.

그리고 더욱 중요한 것이 '이거다!' 하고 선택했을 때 그야말로 모든 것을 내던지고 승부를 걸 수 있는 용기입니다. 주머니 속에 있는 전부를 테이블 위에 꺼내서 승부를 걸어봅시다. 그럴 수 있는 용기가 있다면 큰 승리를 얻을 수 있을 겁니다.

만날 수 있을까?

"내가 가장 좋은 일을 맡았으면 좋겠다."

"내게 있어 최고의 사람과 만나고 싶다."

만약 이렇게 생각하고 있다면 '만나고 싶은 사람과 만날 수 있는 나 자신'을 만들어봅시다. 자신의 천직이다 싶은 직업을 갖고 싶으면 역시 천직을 만날 수 있는 나 자신을 만들어보는 것은 어떨까요?

스포츠를 좋아하며 건강하고 상큼한 남자가 좋다면 아침 일찍 일어나 조깅을 하며 건강한 생활 스타일로 바꿔봅니다.

해외에서 일을 하고 싶다면 영어를 배우고 그 나라의 생활 습관을 공부하며 외국인 친구를 만드는 등 밑 준비를 해둡니다. 예를 들어 스페인 사람과 결혼하고 싶다면 스페인 요리를 배워두는 것이 좋을 테고 스페인어도 할 수 있는 편이 좋습니다.

만나고 싶어도 그저 만나고 싶다고 생각하는 것만으로는 만남을 가지기 힘듭니다.

스포츠를 좋아하는 사람과 만나고 싶어도 퇴근하고서 매일 놀러 다니며 아침에도 언제나 지각하기 직전까지 자고 휴일에도 집에서 뒹굴거리는 생활 패턴이라면 만날 기회도 적어질 겁니다.

"함께 스포츠를 즐길 수 있는 사람을 남자친구로 사귀고 싶어."

"꼭 해외에서 일하겠어."

이와 같은 마음가짐으로 첫걸음을 내딛는 것이 무엇보다도 중요합니다.

만나기 위한 준비를 해두면 하고 싶은 일을 맡게 될 가능성도 이상형의 남자와 만날 기회도 늘어날 겁니다. 만나기 위해서 자신을 연마하기를 게을리 하지 않는 사람에겐 언젠가 기회가 굴러들어 올 것입니다.

일어나 보자

뭔가 한 가지라도 열심히 해 온 경험을 가진 사람은 조금 일이 잘 안 풀리거나 연애가 잘 안 돼도 좌절을 딛고 '영차!' 하며 일어설 수 있습니다.

고통스러웠던 일, 개인적으로 정말 곤란했던 일을 힘들게 극복한 경험은 그 사람의 자신감이 되고 힘이 됩니다. 그래서 그런 사람은 무슨 일이 일어나도 자연스럽게 최후까지 이를 악물고 버틸 수 있습니다.

그런 힘을 가지고 싶다면 자기 스스로 장애물을 만들어서 넘어보는 방법도 있습니다.

　장애물이라고 해도 엄청난 일을 하라는 것은 아닙니다. 지금까지보다 1시간 먼저 일어나는 것, 추워도 아침에 차가운 샤워를 하는 것, 회사까지 자전거로 출근하는 것처럼 일상생활 속에서 실천할 수 있는 작은 장애물이면 됩니다.

　보통 사람이라면 하지 않을 조금 괴로운 일, 힘든 일을 장애물 삼아서 그것을 열심히 극복하는 것입니다. 그것을 계속하면 '나도 꽤 열심히 할 수 있잖아?' 하는 생각이 들어 달성감이 느껴지고 자기에 대한 자신감도 생길 겁니다.

　장애물을 만들어 넘는 작업은 아주 기본적인 방법일지 모릅니다. 하지만 할 것 같으면서 안 하는 사람이 의외로 많습니다. 시작해도 작심삼일로 끝나는 사람도 적지 않습니다. 그래서 더 더욱 작은 장애물을 매일같이 넘는 경험이 자신을 강하게 만들어주고 자신에게 자신감을 주는 것은 물론 커다란 의미를 제공해 줄 겁니다.

기르자

자신이 되고 싶은 사람이 되기 위한 방법으로서 당장 내일부터 매일 계속할 수 있는 일을 하나 시작하는 건 어떻습니까?

매일 아침 차가운 샤워를 하거나 6시에 일어나 워킹을 하거나 복근을 단련하는 것처럼 자신에게 조금 힘든 듯이 느껴지는 일을 시작해 보세요. 그러면 자기 안에서 뭔가가 변화해 가는 것을 확실히 느낄 수 있을 겁니다.

그것들은 사소한 일이긴 해도 매일 아침 빠짐없이 계속하는 것은 꽤나 힘든 일입니다. '회사가 쉬는 날 정도는 늦게까지

자고 싶어', '오늘은 비도 오고 기분도 안 내키는데 빼먹을까?' 하는 유혹에 지지 않고 계속하기 위해서는 정신적으로도 강해야 합니다.

만일 그렇게 1년 동안 계속할 수 있다면 1년 후의 자신은 지금보다도 정신적으로 훨씬 강해져 있을 겁니다.

작은 일을 계속하면서 얻을 수 있는 것은 그 밖에도 있습니다. 나도 할 수 있다는 자신감입니다. 자기 자신에게 자신감이 있다고 생각하게 되면 생각의 기준이나 사람을 보는 눈도 자신감이 없었을 때와 달라집니다.

좋게 말해서 '나에게 어울리는 것을 고르자' 하고 생각하게 돼서 자연히 안목이 높아지게 됩니다. 남자를 고를 때도 현명한 선택을 할 수 있는 후각이 길러지게 됩니다.

"이 사람은 말은 잘하지만 왠지 좀 아니야."

"그렇게 잘생기지는 않았지만 내게 필요한 사람은 이 사람이야. 이 사람한테도 내가 필요해."

'이 사람이다' 하고 확신을 가지고 말할 수 있게 되면 이제는 결정을 내리고 자신의 개성을 최대한으로 살려서 그 사람과의 연애에 승부를 걸어보세요.

"내겐 강한 정신력이 있어. 자신감도 있어."

이렇게 밝고 강해 보이는 여성이 '난 당신에게 절대 필요한 사람이야' 하고 말한다면 남성 쪽에선 매력적인 여성이라고 느낄 겁니다. 그렇게 되면 멋진 연애를 하고 싶거나, 정말 하고 싶은 일을 하고 싶다거나, 마음속에 그리는 이상을 실현시킨다는 소망을 이룰 수 있게 될 겁니다.

두자

　　매일 아침 일찍 일어나 차가운 샤워를 계속하면 생활 패턴도 자연스럽게 변해갑니다.

　　평소에는 밤늦게까지 술자리에서 놀았지만 다음날 아침도 6시에 일어나야 하면 일찌감치 자리에서 일어나 집으로 돌아가게 될 겁니다. 매일매일 퇴근하고 놀러 나갔던 것도 사흘에 한 번 정도로 줄어들지 모릅니다.

　　여기서도 유혹에 이겨낸다는 시련이 기다리고 있지만 그것을 극복함으로써 이제 새로운 생활 패턴이 완성되는 것입니다.

저녁형 인간이었던 생활이 아침형으로 변해 지금까지 볼 기회가 없었던 TV의 아침 프로그램에서 대화가 술술 나오는 화제를 얻거나, 새벽 시간대의 컴퓨터 교실을 다니거나, 매일 아침 운동하며 근사한 남자와 마주치게 된다거나, 휴일에 쓸 수 있는 시간이 늘어서 지금까지 하고 싶었지만 할 수 없었던 일을 할 수 있게 된다거나…….

생활 시간대가 변하면 이렇게 다른 세상이 열리게 됩니다. 지금까지의 생활 패턴으로는 만날 수 없었던 새로운 것, 새로운 사람과 만날 기회도 생길 겁니다. 지금까지의 생활을 계속했으면 평생 지나치기만 했을 사람들이나 체험과 만날 수 있는 것입니다. 이것은 새로운 자신과의 만남으로도 이어질 것입니다.

많은 사람들이 자신의 단점을 고쳐야 한다고 생각합니다. 하지만 단점도 자신을 매력적으로 보이게 만드는 재료의 하나로서 충분히 살릴 수 있습니다.

단점도 재료의 하나라고 생각하는 사람은 자신이라는 재료의 폭을 점점 넓힐 수 있는 사람입니다.

손재주가 없고 무슨 일을 하든지 늦은 사람도 그것을 장점과 결부시키거나 단점을 뒤집어보면 그 사람 나름의 매력이나 성격이 생겨날 수 있습니다.

예를 들어서 손재주가 없다는 단점은 있어도 남을 잘 돌봐 준다는 장점이 있는 사람이 있습니다. 이런 사람은 시간을 충분히 들이면 사람을 교육시키는 일에 잘 맞고 식물을 키우는 일에도 소질이 있을지 모릅니다. 이렇게 단점과 장점을 잘 연결시키면 그 사람밖에 할 수 없는 일이 생겨나기도 합니다.

단점 자체도 '무슨 일을 하든지 늦다'는 것을 뒤집어보면 '조심스럽게 일한다'가 되고 '사람과 사귀는 것이 고역이다'는 '혼자서 일하는 것이 괴롭지 않다'가 될 겁니다. '성미가 급하다'는 '빠르게 대응할 수 있다', '여러 가지 일을 동시에 할 수 없다'는 '한 가지 일에 집중해서 몰두할 수 있다'가 됩니다.

단점이나 결점을 꼭 없애 버려야 한다고 생각지 말고 매력의 하나로서 살려 나가는 것처럼 생각의 방향을 달리하면 그 사람의 매력에 더욱 깊이를 줄 수 있습니다.

바꿀 수 있는 사람

아무리 나쁜 경험도 자신의 밑거름으로 살릴 수 있는 사람은 한없이 굳은 심지가 느껴집니다.

그들은 실패했던 일, 잊을 수도 없을 만큼 괴로운 기억, 궁지에 몰렸던 경험처럼 어딘가 집어넣어 뚜껑을 봉해 버리고 싶은 경험도 긍정적으로 바꿀 수 있기 때문에 웬만한 일에는 주저앉지 않는 강함을 가질 수 있습니다.

예를 들어 지금까지 몇 번이나 좋아하는 사람에게 고백했지만 몽땅 거절당한 경험이 있는 사람은 그 괴로운 경험을 딛고 일어섰다는 말이 됩니다.

당시에는 정말 괴로웠어도 그런 경험이 있음으로써 '그렇게 괴로운 실연을 딛고 일어섰으니까 나는 틀림없이 강해졌을 거야. 이번에야말로 멋진 연애를 하자' 하고 강해질 수 있는지 모릅니다.

이것은 실연에 익숙해지는 것과는 다릅니다. 승부에 강해지는 힘을 익혔다는 것입니다.

게다가 그 강함은 거만한 강함이 아니라 '유연한 강함' 입니다.

일할 때도 그때의 위기를 극복했다는 체험을 잘 살리면 중요한 일을 맡거나 문제가 생겨도 침착하고 유연하게 자신의 힘을 발휘해서 이겨낼 수 있습니다.

수많은 실패를 하고 괴로운 경험을 한 사람일수록 중요한 때에 '난 괜찮아', '이까짓 일은 문제없어' 하고 생각할 수 있습니다.

그 강한 정신력은 남들에게 커다란 매력이 됩니다.

괴로운 경험도 자신의 소중한 재산의 하나로 삼을 수 있는
사람은 사람을 끌어들이는 흡인력을 가질 수
있는 사람입니다.

'외면'에 있는 개성

"이 세상에 당신이라는 존재는 한 사람밖에 없습니다. 그러니까 개성을 중요시해서 자신답게 살아갑시다."

요즈음 이런 말들이 TV나 잡지, 책 등 보이는 곳마다 쓰여 있습니다. 그런 말을 들으면 많은 사람들이 이렇게 생각하게 됩니다.

"저 말이 정말 맞아."

"그 말대로 나다운 것이 최고야."

"개성을 드러내며 살자."

하지만 실제로 가능한 것은 남들과 조금 다른 패션을 해본다거나 머리형을 바꾸는 것처럼 개성적인 자신을 연출하는 것이 다일 것입니다.

예를 들어 주변 사람들이 핑크색 매니큐어를 칠하고 있는데 파란색이나 검은 매니큐어를 발랐다거나, 주변 사람들이 모두 평범한 투피스를 입고 있는데 프릴이 잔뜩 달린 원피스를 입었다거나… 만일 이것을 개성적이라고 생각하면 남들과 다른 빛을 발산하는 것이 어렵지 않을 겁니다.

남들과 조금 다른 색 매니큐어를 칠하거나 다른 옷을 입어도 매니큐어를 칠하고 옷을 입고 있다는 점에서는 모두 똑같습니다. 그것을 꼭 개성적이라고 말할 수 있을까요?

개성이란 것은 겉모습이 아니라 내면에서 우러나오는 것을 말합니다. 자신이 가지고 태어난 자기 나름의 특징이나 결점을 잘 알고 있고 그것을 일상에서 살리며 살아가는 사람이 진정한 의미에서 개성을 살리는 사람이라고 할 수 있습니다.

장점은 살려서 어필합니다. 그리고 자신의 결점은 결점으로서 고치려는 것이 아니라 그것을 뒤집어서 장점으로 만듭니다. 그렇게 자신의 모든 것을 살림으로써 개성이 생겨나고 자신의 모든 것을 살리려는 생각이 원동력이 되어 긴장감과 의욕이 생겨납니다.

그런 하루하루를 보내게 되면 생활도 인생도 지금보다 재미있고 즐거워질 겁니다. 그러면 표정이나 모습에도 생기가 돌아서 사람을 끌어들이는 매력이 풍부한 사람이 되지 않을까요?

알고 있습니까?

사람은 모두 똑같지 않고 이 지구상에 있는 60억 인구가 각각 다릅니다. 그리고 가지고 있는 개성도 각자 다릅니다.

그 사람의 개성은 지금까지 살아온 삶의 방식이 진하게 응축되어 뿜어져 나온 것입니다. 그러므로 어렸을 때부터 축적해 온 것으로 만들어졌다고 할 수 있습니다. 그러한 개성은 아주 활발하고 활동적인 사람이라면 빨강, 조용하고 침착한 사람이라면 파랑처럼 다른 사람에게 '색깔'을 연상시키는 것 같습니다.

오렌지색이 연상되는 사람도 있고 보라색이나 갈색의 이미지인 사람도 있는 것처럼 사람에 따라 그 사람다움을 느끼게 하는 개성은 여러 가지입니다.

또한 그 사람다움을 느끼게 하는 색의 농담(濃淡)은 어떤 것을 얼마나 축적해 왔는지에 따라 달라집니다.

누가 봐도 '저 사람은 빨강이야' 하고 말할 만큼 자신다운 색깔을 짙게 내뿜는 사람도 있는가 하면 '저 사람은 무슨 색이지?' 하는 생각이 들 정도로 극히 희미한 사람도 있습니다.

자신다운 개성을 마음껏 발휘할 수 있는 사람일수록 그 존재감이 강해져서 많은 이들의 눈길을 끌고 반대로 희미하면 희미할수록 존재감도 희미해져서 눈에 띄지 않습니다.

남들이 필요로 하고 어떤 일에 있어 그 사람밖에 없다고 선택받는 사람은 축적해 온 자신의 개성을 잘 알고 있고 그것을 뚜렷하게 살린 사람이라고 할 수 있습니다. 그러니까 한 번쯤 자신다운 점이 무엇인지 자신에겐 어떤 개성이 있는지 생각해 보는 것도 좋을 것입니다.

취업 시즌이 되면 거리에 갑자기 감색과 검은색, 회색이 늘어납니다. 칼라를 내놓은 새하얀 블라우스에 회색이나 검은 투피스를 입은 여대생, 감색이나 회색 양복을 걸친 남자 대학생. 모두가 취직 면접을 위해 판에 박은 듯이 똑같은 스타일을 하기 때문입니다.

그들의 마음속에는 주위 사람들과 똑같은 스타일을 하지 않으면 면접에서 떨어질 거라는 생각이 강하게 작용할지도 모릅니다. 하지만 기업의 면접관은 어떤 옷을 입었다거나 색깔은 무엇인지 하는 것들은 중요시하지 않습니다.

감색이나 회색, 검은색으로 통일하고 싶어하는 마음속에는 '모두와 함께 행동해야 해', '남들과 똑같이 있으면 안심할 수 있어' 라는 기분이 작용하고 있습니다. 억지로 자기를 억눌러서 지나치게 상대방에게 맞추고 주변에 맞추지 않으면 왠지 안심할 수 없는 것일지도 모릅니다.

남들과 똑같이 있는 것을 최고로 치며 자신의 원래 색깔을 지우면서까지 남들과 맞추면 자신다움을 발휘하기가 어려워질 겁니다.

주위와 같은 색깔로 있으면서 안심하면 그 사람의 존재는 주위에 파묻혀 버립니다. 같은 색깔인 사람들 속에 있으면 조금 짙은 색을 띠고 있어도 주위에는 같은 색으로 비치기 쉬울 것입니다.

그러나 자신다운 점이 어디인지 잘 알고 있으면 다른 많은 사람들과 다른 색깔을 띨 수 있습니다.

“나는 이런 점이 자랑이야.”

“이런 점은 누구에게도 지지 않아.”

뭐라도 상관없습니다. 자신의 존재가 전해지는 뭔가를 발견하는 것이 중요합니다. 그리고 그것을 돋보이게 만드는 겁니다.

시간을 들여 내면을 완성해 나가면 틀림없이 자신의 색깔이 나오게 됩니다. 연애를 하든 일을 하든 사람을 사귀든 간에 마지막에 선택받는 것은 겉모습만 화려한 사람이 아니라 내면이 알찬 사람입니다. 그러니까 ‘나’라는 존재를 기(氣)처럼 발산할 수 있는 사람을 목표로 삼는 건 어떻겠습니까?

5장

소중한 사람을 사로잡는 '인력'을 올리는 방법

'테마가 있는 생활'로 꿈에 다가간다

사람을 꿰뚫어보는 눈을 가진다는 것은 그 '잣대'를 통해서 여러 가지를 판단할 수 있는 거라고 말해도 될 겁니다. 자기 나름의 기준을 정하고 있으면 상대방의 좋은 점이나 자신에겐 없는 장점, 자신에게는 있지만 상대방에겐 없는 부분이 보이게 됩니다. 일에서도 연애에서도 '잣대'로 재서 판단하는 것이 매우 중요합니다.

자신을 이끌어주고 행복하게 만들어줄 남성을 기다리지만 말고 스스로 상대방이 성장하기를 도와주며 함께 성장해 나갈 사람을 고릅니다. 그러한 목표를 가지고 남자를 바라보면 의외의 장소에서 행복해질 기회가 보일 겁니다.

　　　　　　　　　"언젠가 과장님도 틀림없이
내가 성실하게 노력하는 것을 알아주실 거야. 하늘은 노력하
는 사람을 도우니까."

　"그 사람은 어째서 저렇게 화려한 여자를 좋아하는 걸까?
내가 훨씬 가정적인데 어째서 난 안 되는 거지?"

　이렇게 '언젠가', '어째서?'라는 마음을 품고 있으면 좀처
럼 현재 상태를 바꿀 수 없습니다. 남들에게 신뢰받으며 멋진
연애를 하는 사람과 '언젠가' '어째서?'라고 생각하는 사람의
차이점은 어디에 있을까요? 그것은 '날 선택할 거지?' 하고

말할 수 있는가의 차이가 아닐까요?

남들에게 신뢰받으며 밝게 일하는 사람들은 '날 선택할 거지?' 하고 말할 수 있는 사람입니다.

"과장님은 날 선택해 주시겠지?"

"당신은 날 선택할 거지?"

이렇게 자신감을 가지고 다가가기 때문에 그 사람의 매력이나 개성이 분위기로 상대방에게 전해집니다. 그래서 상대방은 그 사람을 선택하고 필요로 하고 신뢰하는 것입니다.

마라톤의 예를 들자면 눈앞에 보이는 골 테이프를 누가 먼저 끊느냐 하는 상황에서 '날 선택할 거지?' 하고 말할 수 있는 사람은 골인 직전에 가슴을 힘차게 내밀 수 있는 사람입니다. 더구나 이기기 위해 충분히 노력했기 때문에 설령 경쟁에서 져도 '날 선택하지 않은 사람은 눈이 삔 거야' 하고 밝게 생각할 수 있습니다. '난 안 돼'라는 자기 부정은 하지 않습니다.

마라톤에서는 열심히 달리는 모습을 보여도 좀처럼 눈에 띄지 않습니다. 모두가 말없이 열심히 달리고 있기 때문입니다. 더구나 많은 사람들이 하나가 되어 달리기 때문에 최후의 경쟁에서 골 테이프를 끊기 위해서는 가슴을 힘차게 내밀어야 합니다.

"골인 지점은 누군가를 선택하기 위해서 설정된 거다. 그러니까 날 선택할 수 있도록 가슴을 힘차게 내밀며 나를 드러내자."

이러한 사고방식을 가지게 되면 매일이 조금씩, 그러나 확실하게 변해갈 것입니다.

사람이 되자

인간은 인간관계 속에서 살
아갈 수밖에 없습니다. 나 한 사람의 힘만으로 살아가는 것은
사실 힘든 일일 겁니다. 그렇다고 무슨 일이든지 혼자서 하라
는 것은 아니지만 반대로 생각하면 최후의 순간에 믿을 수 있
는 것은 나 자신밖에 없다고 해도 과언이 아닐 겁니다.

예를 들어 당신은 도시로 상경해 혼자 살기 시작해서 회사
에도 친구가 많고 메일 친구도 많이 있습니다. 하루하루가 비
교적 즐겁고 나름대로 좋은 사람도 만나서 '난 그럭저럭 즐겁
게 살고 있어' 하고 실감하는 나날을 보내고 있습니다. 그러나

이런 의문이 들 수도 있을 겁니다.

"병에 걸렸을 때 간병해 줄 사람은 누구일까?"

"아주 곤란한 일이 생겼을 때 누가 도와주러 올까?"

그렇게 생각하면 최후의 순간에 믿을 수 있는 것은 역시 나 자신이라는 말이 됩니다.

자신을 다른 눈으로 돌아보고 스스로 움직이는 사람이 되자고 결심하고 나서 새롭게 시작하면 주변을 보는 눈도 달라지지 않을까요?

자신은 여러 인간관계 속에서 인생을 즐겁게 살고 있다고 생각해도 어쩌면 그 인간관계는 싱거운 수프 같은 관계일지도 모릅니다.

그 속에서 자신을 잠시 되돌아보고 좋은 점을 잔뜩 발견해서 자신을 영양가 많은 수프로 만들면 주변 사람들이 필요로 하는 존재가 될 수 있습니다. 맛이 진하게 응축되고 산초가 살짝 들어가 산뜻한 뒷맛이 남는 수프는 누구라도 다시 먹고 싶어질 겁니다.

앞으로는 점점 '진짜'가 요구되는 시대가 될 겁니다. 그러니까 남들이 너무 성실하고 열심히 해서 보기 안쓰럽다고 해도 맛이 진한 수프가 되기 위해 노력해 보세요.

싱거워서 누가 먹어도 맛없는 수프가 아니라 몇 번이라도 다시 먹고 싶어지는 수프가 되자고 결심하고 자신을 바꿔 나가면 남들도 '저 사람과 함께 있고 싶어', '저 사람과 함께 일하고 싶어' 하고 생각할 겁니다. 그러면 자신에게 필요한 사람을 선택하는 눈도 길러질 것입니다.

결정하자

한 남성을 선택해서 연애가 시작됩니다. 그가 정말 무엇과도 바꿀 수 없는 사람이라고 깨달았을 때, 그는 당신의 인생에 둘도 없는 동반자가 될 것입니다.

함께 지내는 시간의 길이가 변하면 사랑의 질도 변합니다. 만약 결혼을 생각한다면 그저 서로를 바라보기만 해도 좋았던 관계에서 둘이서 뭔가를 쌓아올리고 쌓은 것을 함께 지키며 유지하는 관계로 변화할 수도 있을 겁니다.

그것은 예를 들면 야구에서 투수와 포수 같은 관계일지도 모릅니다.

평생을 함께하기 위해서는 오랜 시간을 함께 보내며 어떻게 살고 싶은지, 어떤 관계를 만들고 싶은지를 생각하고 그런 관계를 만들어갈 수 있는 사람을 골라야 합니다. 그 부분을 확실히 해두면 두 사람의 배터리(투수와 포수의 관계를 지칭–역자)로서의 궁합은 최고가 될 겁니다.

그리고 두 사람 사이에 팀의 승리, 호흡이 맞는 배터리와 플레이하는 만족감 등 많은 것을 남길 수 있을 겁니다. 그것은 두 사람의 전리품이라고도 말할 수 있습니다.

이 경우 전리품이란 경제적인 면뿐만 아니라 서로를 지탱해 주고 도와주는 정신적인 면까지 포함한 개념입니다. 두 사람의 전리품이 늘어나면 늘어날수록 함께 쌓아올린 공유재산도 늘어나서 두 사람은 강력한 배터리가 될 수 있습니다.

"나는 이 사람과 함께 지내면서 어떤 전리품을 남기고 싶은 걸까?"

"나의 이상적인 결혼 생활은 어떤 것일까?"

이런 시점에서 동반자를 정하는 것도 행복해지기 위한 하나
의 요령이라고 말할 수 있을 것입니다.

"날 행복하게 만들어줄 사람
이 언젠가 틀림없이 나타날 거야."

여성들 중에는 이렇게 생각하며 이상형의 남성이 나타나기
를 계속 기다리는 사람이 있을지 모릅니다. 그러나 유감이지
만 그런 사람이 기다리는 백마 탄 왕자님일 경우는 실제로 드
문 것이 사실입니다. 드물 뿐만 아니라 요즘 남성들 중에는
'자신을 행복하게 만들어줄 여성'의 출현을 기다리고 있는 사
람이 늘고 있습니다.

'언젠가 누군가가 어딘가에서 나타나겠지' 하고 생각하는

남성이 많기 때문에 백마 탄 왕자님이 나타나기를 기다리고 있어봤자 '멋진 사람과 근사한 연애를 하자'라는 꿈은 좀처럼 이루어지지 않을 것입니다. 그러면 그 꿈을 이루기 위해서는 어떻게 하면 좋을까요?

중요한 것은 역시 '요즘 남성은 백마 탄 공주님을 기다리는 사람이 많다'는 요즘 추세를 이해하고 이상형의 남성이 나타나기만을 바라는 자신을 변화시키는 것이라고 생각합니다.

자신이 상대방의 '백마 탄 공주님'이 되겠다는 생각으로 배우자를 고르기 시작하거나 혹은 마음에 두었던 사람에게 고백해 보세요. 그 편이 자신이 이상적으로 여기는 관계가 현실화될 가능성이 훨씬 높아지지 않을까요?

수동적인 남성이 늘어난 것은 사실이지만 전부 그런 사람만 있는 것은 아닙니다. 그중에는 장래에 뛰어나게 성장할 사람도 많이 존재할 것입니다. 지금은 왠지 믿음직스럽지 못한 남자들 중에서도 자신의 이상적인 관계를 현실화시킬 짝이 묻혀 있을지도 모릅니다.

자신을 이끌어주고 행복하게 만들어줄 남성을 기다리지만

말고 스스로 상대방이 성장하기를 도와주며 함께 성장해 나갈 사람을 고릅니다. 그러한 목표를 가지고 남자를 바라보면 의외의 장소에서 행복해질 기회가 보일 겁니다.

이렇게 '백마 탄 공주님'이 되겠다는 사고방식으로 연애를 시작하면 두 사람의 관계를 자신이 원하는 방향으로 변화시키는 것도 가능해집니다. 듣기에 그다지 좋은 말은 아니지만 애인을 자신이 원하는 방향으로 바꿔 나갈 수도 있는 겁니다.

예를 들어 직장에서도 능력있고 가족에게 서비스도 만점, 집안일도 아이 기르는 일도 도와주는 남성과 결혼하고 싶다고 합시다. 지금 곁에 있는 남성은 왠지 믿음직스럽지 못해서 그런 자신의 꿈을 이루어줄 것 같아 보이지 않을 수도 있습니다. 그러나 남녀 관계는 오랜 시간을 함께 보내는 동안 변하는 경우도 많습니다.

"왕자님이 나타나길 기다리지 말고 내가 그 사람에게 필요한 존재가 되어 내 힘으로 이상형의 남자로 만들어 버리자."

이렇게 생각하고 움직이면 이상을 현실로 만들 수 있습니다.

예를 들어 '직장에서 능력을 발휘하려면 체력이 필요해. 아침 조깅을 시켜야겠어' 하고 함께 조깅을 시작하자고 권합니다. 집안일도 할 수 있는 사람이길 원한다면 요리나 집안일을 함께합니다. 일을 열심히 해주길 바란다면 어떨 때는 기운을 북돋아주고 어떨 때는 채찍질하며 정신적으로 격려합니다.

이것은 어디까지나 예시에 불과합니다만 이렇게 권함으로써 처음에는 믿음직스럽지 못했던 남자가 몇 년 후에는 이상형의 남성으로 변해 있을 가능성도 있을 겁니다.

처음엔 자신이 투수가 되어 포수로서 아직 부족한 상대방에게 점점 강속구를 던집니다. 그렇게 단련해 가는 동안 포수인 상대방에게 힘이 붙어서 돌아오는 공도 강해집니다. 그러다가 정신을 차리고 보니 강력한 배터리가 되는 경우도 있을 겁니다.

처음에는 이쪽에서 돌봐주는 입장이었는데 어느새 대등한 관계가 되고 이윽고 상대방이 자신을 지켜주는 입장이 됩니다. 관계란 '어떻게든 이렇게 해나가자' 하고 생각하면 그렇게 바꿔갈 수 있는 것입니다.

지금 곁에 있는 남성을 대상으로 10년 후엔 어떻게 살고 싶은지 장래의 생활을 상상해 보고 목표를 세워봅시다. 그리고 자신이 이상적으로 여기는 관계가 어떤 것인지 생각하고서 주변에 있는 남성을 둘러보고 '이 사람이라면 괜찮을 것 같아' 하고 느껴지는 사람을 찾습니다. 그렇게 생각을 바꿔보면 이미 '백마 탄 왕자님'이 나타나기를 기다릴 필요는 없어졌을 것입니다.

농담처럼 일컬어지는 이야기입니다만 예전에 전 미국 대통령이었던 클린턴과 그의 부인 힐러리의 재미있는 에피소드를 들은 적이 있습니다.

어느 날, 두 사람이 고향인 아칸소의 주유소에 들렀습니다. 차를 세우자 그곳의 주인이 나와서 운전석에 있던 힐러리와 친밀한 듯이 이야기를 나눴습니다. 그 모습을 보고 있던 클린턴이 나중에 '그 사람은 누구였어?' 하고 물었습니다.

힐러리는 '옛날 친구예요' 하고 대답했지만 그 친구란 것이 아마도 남자친구 같다고 느낀 클린턴은 반쯤은 질투심으로 이

렇게 말했습니다

"당신은 행운아로군. 나처럼 대통령이 된 사람과 결혼했으니까 말이오. 만약 그 사람과 결혼했으면 당신은 지금쯤 주유소 안주인이었을 거요."

그러자 힐러리는 이렇게 대답했다고 합니다.

"어머? 그 말은 틀렸어요. 내가 그 사람과 결혼했으면 지금쯤 그 사람이 대통령이 되었을 거예요."

자신이 운 좋게 대통령의 아내가 된 것이 아니라 누구와 결혼했어도 남편이 대통령이 되었을 거라는 이야기입니다.

대통령까지는 아니라도 힐러리처럼 '난 이렇게 하고 싶어. 내가 함께할 사람을 이렇게 만들고 싶어' 하고 생각하면 그렇게 만드는 것도 불가능하지 않습니다.

그러나 그러기 위해서는 자신이 달라져야 하고 장래까지 내다보고서 '이 사람이다!' 하는 사람을 고르는 것도 중요합니다.

"난 이 사람에게 필요한 사람이야. 내가 이 남자를 키워서 몇 년 뒤에는 이 남자를 '능력있는 남자'로 만들어놓자."

이것을 하나의 목표로 삼으면 연애도 좀 더 즐겁게 할 수 있지 않을까요?

남성들 중에는 잘생기고 부유하며 부드러우면서도 함께 있으면 정말 행복해질 것 같다는 생각이 드는 사람이 있습니다. 물론 그 사람에게 마음을 주는 여자들이 있겠지만 그녀들은 그가 자신을 행복하게 만들어줄 수 있을 거라고 생각하고 있습니다.

하지만 그도 자신을 행복하게 만들어줄 수 있는 여성을 찾고 있을 겁니다. '날 행복하게 만들어줄 수 있는 여자를 택하고 싶어'라고 생각하는 사람이니까 '이 사람은 날 행복하게 만들어줄 수 있을 것 같아' 하고 생각하고 있으면 그는 당신을 선택하지 않을 겁니다.

그가 필요로 하는 것은 '자신을 행복하게 만들어 줄 사람'이지 '내가 행복하게 만들어주고 싶은 사람'이 아닙니다. 따라서 그에게 '날 행복하게 만들어줘요' 하고 의존하는 타입의 여성은 필요없습니다.

그러면 그를 연인으로 만들기 위해서는 어떻게 하면 좋을까요?

답은 간단합니다. 그가 필요로 하는 여성이 되면 됩니다. 즉, '날 행복하게 만들어줘'가 아니라 '내가 당신을 행복하게 만들어줄게'라고 생각하며 그것을 실천할 수 있는 여성이 되면 된다는 말입니다.

일이나 인간관계도 같은 이치입니다. 회사가 날 행복하게 만들어주기를 기다리지 말고 스스로 회사에 쓸모있는 존재가 되면 일도 잘 풀려 나갈 겁니다. 누가 말을 걸어주기를 기다리지 말고 남을 행복한 기분으로 만들어줄 수 있는 사람이 되면 가만히 있어도 많은 사람들이 말을 겁니다.

그 사람이 필요로 하는 것을 줄 수 있는 사람으로 변하면 '아무도 날 인정해 주지 않아', '날 주목하지 않아' 하고 한탄만 하던 날들도 조금씩 변해가지 않을까요?

필요는 없다

어떤 여성이 남성에게 사랑받는다고 생각합니까? 다시 말해서 남성이 어떤 여성을 좋아한다고 생각합니까?

상냥하면서 가정적인 사람, 남성의 취향에 맞게 자신을 바꿀 수 있는 사람, 어리광 부리는 사람. 좀 더 구체적으로 말하자면 남자는 핑크색이 어울리는 여자에게 약하고 이국적인 향기에 약하고 샤넬보다는 루이비통 쪽에 호감을 가진다는 등등 세간에는 실로 여러 가지 속설이 많습니다.

그런 정보가 있으니까 역시 그런 여성이 사랑받는다고 생각하는 사람도 적지 않을 겁니다. 그러나 그러한 정보가 말해 주는 '사랑받는 여성상'이란 것은 그저 표면적인 것이 태반입니다.

핑크색이 어울린다, 이국적인 향수가 좋다, 샤넬보다 루이비통 쪽이 사랑받는다, 이런 단편적인 정보에만 눈을 돌리면 자신에게 정말로 소중하고 필요한 사람과 만날 기회를 놓쳐버릴지도 모릅니다.

남성도 여성과 같습니다. 진지하게 사귀고 싶은 사람이라면 용모나 겉모습이나 가진 것으로 고르지 않고 그 사람의 내면을 보려고 합니다.

"내 의견을 잘 들어주면서도 자기 생각을 제대로 말할 수 있는 사람이 좋다."

"애인인 나뿐만 아니라 다른 사람에게도 신경 써주고 예의 바른 것이 중요해."

"10년 후 자신의 모습을 뚜렷이 그리고 있는 사람에게 끌려."

이렇게 표면적인 부분뿐만 아니라 여러 면을 보고 자신에게 필요한 사람인지 아닌지를 냉정하게 판단하려고 합니다.

그 사람이 살아온 과정은 어떤가, 앞으로는 어떻게 살아갈 것인가, 이 사람은 내면에 어떤 것을 지니고 있을까, 물질에 연연하는 사람인가, 내가 하는 일을 인정하고 이해해 줄 사람일까, 일을 존중해 줄까, 수입에만 신경 쓸까……

남성들은 이런 것들을 순식간에 판단해서 '이 여자와 사귀면 나도 행복해질까?', '나한테 플러스가 되는 관계를 맺을 수 있을까?' 를 꽤나 엄격한 눈으로 봅니다.

만약 그것을 눈치 채지 못하고 흔히 말하는 '사랑받는 여성상' 만을 중요시하면 진정한 상대를 놓쳐 버릴지도 모릅니다. 또한 관계를 오래 유지하는 것도 힘들어질 것입니다.

"그 사람을 소중히 여기고 싶어. 나한테 필요한 사람이니까."

이런 생각이 드는 사람과 만났다면 내면으로 승부해서 자신을 '선택하게 만드는 사람' 이 되는 것이 중요합니다. 자신의 장점을 잘 이해하고 자연스럽게 상대방을 격려하며 사소한 곳에도 신경 써서 편안한 분위기를 조성하는 등,

‘나랑 있으면 행복하지?’ 하고 말할 수 있는 사람이 되면 선택받는 여성이 될 수 있습니다.

물론 남성 중에도 여러 가지 타입이 있습니다. 남자다운 사람, 어리광 부리기를 좋아하는 사람, 감수성이 강한 사람, 친구처럼 솔직 담백한 관계를 좋아하는 사람 등 상대방이 어떤 타입인지 아는 것은 ‘당신에겐 내가 필요해’ 하고 인식시키는 것 이상으로 중요합니다.

남자다운 사람이라면 자신이 리드할 수 있는 얌전한 분위기의 여성을 좋아할지도 모릅니다. 반대로 어리광 부리기를 좋아하는 사람이라면 많은 일을 결정해 주고 지시해 주고 돌봐주는 모성애가 강한 여성을 좋아할 겁니다.

감수성이 강한 사람이라면 자신과 비슷한 감성을 지녀서 대화를 나누거나 외출을 해도 느낌이나 좋아하는 것이 잘 맞는 여성이 좋다고 느낄 것입니다. 이렇게 타입이 다르면 이상형의 여성 타입도 달라지고 어느 쪽이 주도권을 쥐고 연애 관계를 발전시킬지 하는 권력 관계도 달라집니다. 게다가 연애가 시작되는 첫 단계의 권력 관계는 교제가 길어짐에 따라 혹은 결혼 생활이 시작되면서 변하는 경우도 적지 않습니다.

사귀기 시작했을 때는 여자 쪽이 정신적으로도 어른스럽고 사람을 사귀는 방법이나 사회를 보는 눈도 남자보다 뛰어난 커플이었지만 5년, 10년이 흐르는 동안 남자 쪽이 정신적, 사회적으로 성장할 가능성도 있습니다.

상대방이 성장했을 때 지금까지 그래 왔던 것처럼 자신이 계속 주도권을 쥐려고 하면 상대방은 그것을 굴욕적으로 느낄지도 모릅니다.

상대방의 타입을 아는 것과 동시에 만약 두 사람의 관계가 변하기 시작했다는 것을 느꼈을 때 그것을 받아들이는 것에도 조금 신경 써보면 이상적인 관계를 손쉽게 손에 넣을 수 있을 것입니다.

어떻게 할까?

좋은 사람을 만나서 멋진 연애를 즐기기 위해서는 상대방을 꿰뚫어 보는 눈을 가질 필요가 있습니다. 어영부영 찾다가는 자신도 행복해지고 상대방도 행복하게 해줄 수 있는 사람을 찾기 힘들 겁니다.

그래서 상대방의 장점과 단점, 열심히 연마하면 훌륭해질 부분을 꿰뚫어 볼 수 있는 눈이 필요해집니다. 또한 어떤 부분을 연마해야 좋을지 판단하는 눈도 중요해질 겁니다.

여성의 경우는 좋아하는 사람을 여러모로 돌봐주고 싶어집니다. '그런 옷은 안 어울리니까 이쪽이 좋아' 하고 패션에 참견하거나 '과음하면 안 돼. 취미에만 돈을 쓰지 말고 저금도 착실히 해둬야지' 하고 생활 스타일에 대해 충고하는 등 가끔은 과잉 보호하는 어머니처럼 챙겨줄 때도 있습니다.

그러나 그가 스스로 할 수 있는 것까지 먼저 해버리면 상대방과 좋은 관계를 유지하는 것에 결코 플러스가 되지 못합니다. 보조해 준다면 그가 할 수 없는 일을 보조해 주는 것이 중요합니다.

아침에 토스트를 굽고 달걀 프라이를 만드는 것은 그도 할 수 있을 것입니다. 그런 것은 그에게 맡기고 혼자서는 할 수 없는 일, 자기밖에 해줄 수 없는 일로 그를 도와주는 관계가 좋지 않을까요?

어머니처럼 돌봐주는 것이 아니라 조금만 손질하면 둘 다 행복해질 것 같은 부분이나 부족한 부분을 발견해서 보조해 주는 사람, 그런 사람을 목표로 그렇게 할 수 있는 사람을 선택하는 것은 어떻습니까?

자신의 장점은 물론 결점까지 포함해서 자신에 대해 잘 이해하면서도 자신감이 있는 사람은 자기 나름의 '잣대'도 확실하게 가질 수 있습니다.

사람을 꿰뚫어 보는 눈을 가진다는 것은 그 '잣대'를 통해서 여러 가지를 판단할 수 있는 거라고 말해도 될 겁니다. 자기 나름의 기준을 정하고 있으면 상대방의 좋은 점이나 자신에겐 없는 장점, 자신에게는 있지만 상대방에겐 없는 부분이 보이게 됩니다. 일에서도 연애에서도 '잣대'로 재서 판단하는 것이 매우 중요합니다.

"이 부분을 파고들어서 보다 나은 것을 찾아내면 훨씬 좋은 결과가 나오지 않을까?"

"이 손님에게는 이런 말이 효과적일 거야."

일에서라면 이렇게 판단하고 상사가 필요로 하는 것, 회사가 원하는 것을 꿰뚫어 보고서 필요한 것을 제공할 수 있게 될 것입니다.

희망하는 부서로 이동하고 싶거나 새로 시작하는 프로젝트에 참가하고 싶을 때도 그렇습니다.

"저는 이런 능력이 있습니다."

"이번 프로젝트에서는 이런 것이 필요하지 않을까요?"

이렇게 자신을 효과적으로 선전하는 것도 가능할지 모릅니다.

직장을 옮기거나 사업을 시작할 때도 자기 나름의 잣대가 있으면 실패할 가능성도 적어집니다. 특히 연애의 경우엔 정말 자신에게 필요한 사람을 고르기 위해서 '잣대'가 큰 힘을 발휘해 줄 것입니다.

예를 들어서 그의 약점을 알고 이렇게 말해 보는 겁니다.

"당신은 일도 잘하고 인간관계를 만드는 것도 능숙해. 하지만 체력이 조금 모자라는 것 같아."

"당신은 세상일이나 경제에 대해서도 잘 알고 있지만 이 분야는 조금 약한 것 같아. 그러니까 이렇게 하면 틀림없이 잘될 거라고 생각해."

그 말을 들은 그는 깜짝 놀랄 것입니다. 그리고 '내 약점을 잘 알고 있군. 확실히 맞는 말이야' 하고 당신의 필요성과 존재의 중요성을 실감하지 않을까요?

그렇게 되면 연애의 주도권을 쥐는 것은 여성 쪽입니다. 그 사람에게 정말로 필요한 사람이 되어 자신이 원하는 멋진 연애를 할 수 있게 됩니다.

여기 그림에 그린 듯이 멋진 남자가 있습니다.

"외모도 근사하고 똑똑한 데다 일도 잘하지. 돈도 있고 말주변도 좋아서 나에겐 그림의 떡이야."

마음이 끌리긴 하지만 자신에게 전혀 눈길을 주지 않을 것 같아서 대시하기 전부터 포기하고 싶어지는 '멋진 남자'.

그러나 완벽한 사람은 없습니다. 그림의 떡처럼 느껴지는 사람이라도 틀림없이 어딘가 공략할 구석은 있습니다.

자신감을 갖게 되면 안목이 길러져서 어디를 공략하면 좋을지 보이게 됩니다. ‘모든 것을 다 가진 것처럼 보이면서도 약간 외로워 보이는 것은 왜지?’ 하는 생각이 든다면 그 사람은 실은 모성에 굶주려 있거나, 아주 냉철해 보이지만 의외로 개그나 만담을 좋아하거나, 돈도 있고 화려한 생활을 하면서도 실은 가정적인 분위기를 추구할지도 모릅니다. 사귀는 것은 꿈도 꾸지 못할 거라고 생각했는데 어머니 같은 상냥함을 발휘하거나 취미 생활에 대해 이야기꽃을 피우며 돌파구를 찾는 일도 적지 않습니다.

단, 돌파구를 찾기 위해서는 상대방이 어떤 약점을 가지고 있는지, 공감을 부를 만한 취미나 화제는 무엇인지 상대방의 프로필을 어느 정도 알아두는 것도 중요합니다. 누구나 다 흥미를 가질 만한 테마를 준비해 두고서 대화의 실마리를 잡고 경청하며 그에 관한 정보를 얻습니다. 아니면 그의 동료나 회사 내의 친구에게 지나가는 말처럼 그에 대해 물어봅니다.

사람의 심리가 그렇듯이 이쪽에서 사적인 이야기를 하면 상대 쪽에서도 사적인 이야기를 하기 쉽습니다. 그러므로 대화 도중에 가족에 대한 이야기 등을 꺼내서 그의 사적인 부분을 아는 것도 하나의 방법일 겁니다.

프로필을 알면 어떻게든 상대방과의 거리를 좁힐 수 있는 요령을 찾을 수 있습니다. 그러니 자신의 안목을 더욱 갈고닦아서 공략할 곳을 찾아봅시다.

따라붙는 위험성

사랑하는 사람을 위해 열심히 노력하는 여성들 중에는 남자의 성공을 위해서 혹은 직장에서 인정받을 수 있도록 적극적으로 행동하는 사람도 적지 않습니다.

이런 사람은 대체로 모성적인 사람이 많고 세심한 곳까지 신경 쓰며 부지런하게 돌봐주는 것이 연애 관계의 패턴입니다.

만약 이런 사람이 아내가 되면 남편이 빨리 승진할 수 있도록 상사에게 계절 인사장이나 추석, 새해 선물을 빠짐없이 보내고 출장을 다녀오면서까지 선물을 준비할 겁니다. 뿐만 아니라 옷과 구두, 속옷까지 전부 맞춰주고 건강 관리도 게을리하지 않으며 이것저것 미리 계획을 세우는 꼼꼼한 아내가 될 겁니다. 마치 신인 가수를 키우는 유능한 매니저처럼 이것저것 시중을 들어줄 겁니다.

그리고 반드시 그렇다고 할 수는 없으나 이렇게 유능한 매니저 타입의 여성은 주로 어딘가 믿음직스럽지 못한 남성을 선택하는 경우가 많습니다. 그래서 더 더욱 수완을 발휘해 자신이 선택한 남성을 성공시키려고 합니다. 그것도 사랑의 한 형태라고 할 수 있습니다.

단지, 이런 매니저 타입의 여성의 경우엔 어떤 위험성이 생길 가능성이 있습니다.

자신이 돌봐줘서 그 남성이 사회적으로도 인간적으로도 크게 성장할 수 있었고 경제적으로도 안정되었을 때 이제 더 이상 매니저가 필요없어진다는 위험성입니다.

경우에 따라서는 남자 쪽에서 이번에는 자신이 남자로서 돌봐줄 수 있는 젊은 여자를 선택하는 일도 벌어질 수 있습니다.

연예계에서도 유명해지자마자 무명 시절의 조강지처와 헤어지고 다른 여자와 사귀는 남자가 있는데 바로 이와 같은 경우입니다.

물론 상대방이 크게 성장한 후에도 친구처럼 대등한 관계가 되어 함께 걸어가는 커플도 있습니다. 그러니까 반드시 그렇게 된다는 것은 아닙니다.

그러나 자신이 결정하고 선택해서 힘들게 노력한 끝에 상대방을 크게 성장시킨 성취감, 진짜 연애를 하고 서로 신뢰할 수 있는 관계를 만들었다는 기쁨을 얻는 이면에는 사람 구실을 하게 된 상대방이 자신에게서 독립하는 위험성이 있다는 사실도 잊지 않기 바랍니다.

잘될 수 있을까?

자신이 선택한 사람과 좋은 연애 시절을 보내고 나서 부부로서의 생활을 시작하고 장래도 함께한다.

만약 당신이 이런 경우라면 앞으로 두 사람의 관계에 대해 어떤 이미지를 가지고 있습니까? 어떻게 살아가고 싶다고 생각합니까?

일을 계속한다. 전업 주부가 된다. 여러 가지 선택지가 있겠지만 전업 주부가 되더라도 전적으로 남편에게 기대서 그저 부양받기만 하는 것은 왠지 괴롭지 않습니까?

가능하면 결혼 생활도 공동 작업으로 만들고 싶을 겁니다. 그리고 그렇게 할 수 있는 것이 '결혼'의 참맛이라고 할 수 있을지 모릅니다.

"나에겐 지금까지의 경험 속에서 가꿔온 것이 있어. 물론 그이에게도 똑같이 경험 속에서 가꿔온 것이 있을 거야. 그것을 한데 모아 공유하며 결혼 생활을 보다 알차게 만들어야지."

이렇게 생각하면 두 사람의 관계도 그저 남편이 일해서 돈 벌고 당신은 주부로서 가정을 지킬 뿐인 관계에서 벗어나 결혼 생활 자체가 두 사람의 공동 사업이 될 것입니다.

무(無)에서 시작해 둘이 함께 역경을 극복하고 사업을 확장한다. 이런 사고방식을 가지게 되면 가정을 가져도 '결혼은 둘이서 사업을 시작하는 것'이라는 긍정적인 마음을 가질 수 있을 겁니다.

"장래에 아이가 태어났을 때는 어떻게 키울까? 내가 주체가 되어 그이를 어떻게 움직일까? 혹은 무엇과도 바꿀 수 없는 우리 아이를 어떤 사람으로 키울까?"

이런 시점으로 보면 결혼이 끝이 아니라 그 이후로도 둘이서 시작할 벤처 사업이 기다리고 있다는 것을 깨닫게 됩니다. 기업이 성공해서 일부 상장이 되면 그 이후엔 어떻게 할까, 생활이 안정되면 이번엔 어떻게 두 사람의 즐거움을 넓혀갈까 하고 차례차례 큰 구상이 생길 것입니다.

사업을 성공시키기 위해서라도 배우자에 대해서 잘 알고 그의 장점과 단점을 모두 이해하고 파악한 뒤에 '이 사람밖에 없어'라고 판단되는 사람을 고르세요. 자신이 선택하려는 사람이 공동 사업의 동업자라고 생각하면 선택도 더 즐겁고 긴장감이 생기지 않을까요?

파악할 수 없는 사람

좋은 사람들에게 둘러싸여서 진심으로 서로 믿을 수 있는 관계를 맺고 싶다. 서로 신뢰할 수 있는 사람과 만나 진짜 연애를 하고 싶다.

아마도 이 세상의 많은 여성들이 이렇게 바랄 것입니다.

그러나 이 사람이다 싶은 사람과 만날 기회는 실제로도 그렇게 많지 않고 자신도 상대방도 크게 성장할 수 있는 진짜 연애를 경험할 수 있는 기회도 생각보다 많지 않습니다. 그래서 더욱 기회를 기다리지만 말고 스스로 붙잡는 것이 중요합니다. 가끔은 공격적인 자세로 쟁취하는 것도 필요하지 않을까요?

만약 감나무 밑에 누워 감이 떨어지기를 기다리는 것처럼 언젠가 자신에게도 운명적인 만남이 찾아올 거라고 기다리고 있다면 만날 기회는 좀처럼 찾아오지 않을 것입니다. 그보다도 만약 자신이 새로운 사람이 될 수 있다면 어떤 사람이 좋을지 생각하고 운명의 상대를 잡으러 직접 나서는 것은 어떨까요? 스스로 결정하고 행동하면 거기서 뭔가가 변할 가능성도 커집니다.

연애에서도 인간관계에서도 스스로 결정한 사람을 선택하고 좋은 관계를 맺어갈 수 있도록 노력해 봅시다. 그러면 정말로 원했던 연애, 진심으로 소중한 인간관계를 얻게 될지도 모릅니다.

'날 행복하게 만들어줄 사람이 언젠가 꼭 나타날 거야. 나타나면 그 사람에게 뭐든지 다 기대고 행복해져야지' 하고 생각하는 사람과 '내가 직접 남자를 선택하고 그 사람을 내조해서 서로를 위해 둘이서 함께 인생을 헤쳐 나가자' 하고 생각하는 사람과는 연애의 시작도 내용도 미래도 크게 달라질 것입니다.

행복하게 만들어줄 사람을 기다리는 사람은 지금 이미 완성된 사람이 좋다고 생각합니다. 그래서 현재 사회적 지위가 높은 직업을 가지고 일도 순조롭고 자신을 보호해 줄 수 있는 어른스러운 남성을 원합니다. 행복해지기 위해서는 여러 가지 조건이 필요하기 때문에 자연히 상대방에 대한 기대치도 높고 많은 것을 바라게 됩니다.

하지만 그런 남성은 매우 적습니다. 미팅이나 파티에 참가해도 좀처럼 만날 수가 없습니다. 이 사람이다 싶은 사람을 발견해서 교제를 시작해도 어딘가 자신의 이상과는 좀 다르고 부족하게 느껴져서 자신을 행복하게 만들어줄 사람을 한없이 기다리는 경우가 많습니다.

그러나 스스로 선택하고 자기 힘으로 진짜 연애를 하려는 사람은 지위나 직업이나 보호해 줄 수 있는 사람인지 아닌지는 제쳐 두고 '나도 상대방도 둘 다 행복해질 수 있는 사람'이라는 시점으로 남성을 선택하려고 할 겁니다.

그런 사람은 완성된 남성이 아니라도 자신이 그를 내조하고 어떨 때는 키우면 된다는 긍정적인 사고방식으로 연애할 수 있습니다.

함께 성장해 나가자고 시작한 연애이기에 자기 쪽에서 그에게 필요한 것을 줄 수 있고 상대방도 '당신은 나한테 정말로 필요한 사람이야. 고마워' 라는 마음으로 보답할 수 있습니다. 기브 앤 테이크를 전제로 한 신뢰할 수 있는 관계를 만들어 나갈 수 있는 것입니다.

'스스로 배우자를 선택하는 사람' 은 자신의 이상적인 관계를 가지게 되어 즐거워할 수 있습니다. 당신도 '스스로 배우자를 선택하는 사람' 이 되어보지 않겠습니까?

본심을 읽는다

"나를 이끌어줄 믿음직스러운 남자가 좋아."

"상냥하고 기댈 수 있고 날 행복하게 만들어줄 수 있는 사람이 아니면 싫어."

이렇게 생각하는 사람은 그런 사람이 나타나길 한없이 기다리고 연애에서도 기다리는 자세를 취하기 쉽습니다.

그러나 그것은 남성도 똑같습니다.

"누군가에게 기대고 싶다. 매달리고 싶다."

"날 행복하게 만들어줄 여성이 좋아."

요즘은 이렇게 생각하는 남성도 많아졌고 그런 여성이 나타나기를 기다리기는 사람도 적지 않습니다.

얼핏 보면 사회적으로 능력도 있고 똑똑하게 사는 것처럼 보이는 남성들 사이에서도 이렇게 의존적인 경향을 가진 사람이 많아졌습니다.

게다가 직장에서의 일이나 인간관계로 지친 사람도 늘어났을 겁니다. 여성에게 편안함과 치유를 구하는 남성 역시 많은 것 같습니다. 그들은 마음속 어딘가에서 어머니처럼 강한 모성을 가진 부드러운 여자에게 안겨서 편안하게 보호받고 싶다 생각하고 있을 겁니다.

자기 발로 서서 이 세상을 혼자 헤쳐 나가는 사람, 자기 힘으로 배우자를 행복하게 만들어주겠다는 생각을 가진 한 마리 늑대처럼 강한 사람은 유감스럽게도 그리 많지 않은 모양입니다.

요즘은 남성도 '날 행복하게 만들어주는 사람'의 출현을 기다리는 추세이기 때문에 기다리기만 해서는 좀처럼 이상적인 연애를 할 수 없을 것입니다.

　그러나 시점을 바꿔 보면 그런 남성이 늘어났기 때문에 더더욱 자기가 어떻게 하느냐에 따라서 이상적인 연애를 할 수 있는 기회도 늘어났다고 말할 수 있지 않을까요?

　자신이 행복해지기 위해서 '상대방을 행복하게 만들어줄 수 있는 사람'이 되는 것부터 시작해 이상적인 관계를 만들기 위해 행동해 봅시다. 그러면 이상적인 관계를 얻게 될 가능성도 충분할 것입니다.

6장 선택받는 사람과 끝까지 선택받지 못하는 사람의 작은 차이점

중요한 때만 일이 잘 안 풀리는 이유는 무엇일까?

자신의 매력을 효과적으로 전달하기 위해서는 자신감을 가진 사람과 접하고 선택받는 것이 중요합니다.

연애뿐만 아니라 직장에서도 진정한 의미의 '자신을 보다 훌륭하게 보일 수 있는 사람'이란 상대방에 대해 생각하고 배려하며 자신의 어리광이나 욕구는 어느 정도 인내할 수 있는 사람이 아닐까 생각합니다.

자신의 장점을 어떻게 살릴지 생각하면
장점이 잘 보이게 됩니다. 그리고 그것을
살려 나가면 누구나 매력적인 사람이 될 수 있
습니다.

사랑받기 위해 행동하는 사람과
사랑받기를 기다리는 사람

"난 열심히 노력하고 있어. 하지만 왠지 그 노력을 아무도 인정해 주지 않아."

만약 이렇게 느껴질 때가 있다면 조금 생각을 바꿔보는 건 어떨까요? 인정받기를 기다리지 말고 자신이 하고 싶은 일, 되고 싶은 사람이 되기 위해 직접 행동하는 겁니다.

"남들보다 일찍 출근해서 동료들의 책상 위를 닦는 사람은 나야. 일도 딴청 부리지 않고 성실히 해. 실수도 적고. 그런데 '오늘도 덥네' 하고 부채를 파닥거리며 매일같이 제일 늦게 출근해서는 '과장님, 어제는 감사했어요. 잘 먹었어요' 하고 얼른 자리에 앉아버리는 사람이 나보다 빨리 출세를 하다니…
왠지 납득할 수 없어. 열받아!”

이렇게 느껴졌다면 당신도 ‘부장님, 다음엔 저도 술자리에
끼워주세요’ 하고 말해 보세요. 일에서도 연애에서도 인간관
계에서도 만족할 수 있을 때까지 자신을 계속 알리는 겁니다.

책임있는 위치에서 주목받는 일이 하고 싶다면 그 마음이
주변에 전해지게 하는 것이 중요합니다. 한 남자와 사귀고 싶
고 결혼하고 싶다면 그 마음을 상대방에게 전하면 되고 ‘이런
식으로 사귀고 싶어’, ‘이런 인간관계가 이상적이야’ 하고 생
각한다면 스스로 움직여서 이상적인 인간관계를 만들면 되는
겁니다.

“이 사람은 자잘한 청소나 사무 처리를 좋아하는 것 같군.
중심이 되어서 일하고 싶지는 않은 것 같아.”

“자기 쪽에서 놀러 가자고 권한 적도 없으니까 여럿이서 시
끄럽게 노는 것이 질색일지도 몰라.”

주변 사람들이 당신에 대해 이렇게 생각한다면 당신의 소원
은 좀처럼 실현되기 힘들 것입니다.

묵묵히 일하고 있으면 언젠가 누군가가 당신을 발견하고 말을 걸어줄지도 모릅니다. 하지만 그것보다 '난 여기 있어요' 하고 말하는 쪽이 소원이 실현될 날이 빨리 오지 않을까요?

당신이 무슨 일이든지 한 수 접고 들어가는 사람이 있다면 그 사람은 어떤 사람입니까? 만약 한 수 접고 들어가는 사람이 없다면 그렇게 되고 싶다고 느끼는 사람이라도 상관없습니다.

'왠지 모르겠지만 어딘가 끌려', '딱히 어디가 좋다고는 말 못하겠지만 함께 있으면 안심이 돼. 마음이 든든해' 라는 생각이 드는 사람을 떠올려 보세요.

그 사람에겐 내면에서부터 우러나오는 상냥함이 있지 않습니까? 평소엔 초연하면서도 중요한 순간에는 오로지 그 일에만 열심히 집중하는 면이 있을지도 모릅니다. 그러나 그것이 결코 어깨에 힘이 들어간 느낌이 아니라 너무나 자연스러워서 보고 있어도 안쓰럽게 느껴지지 않습니다.

급하게 일을 부탁해도 생긋 웃으며 승낙하고 손쉽게 처리하거나 갑작스럽게 출장을 가게 된 상사에게도 세심하게 필요한 준비를 해주는 영리함도 있을지 모릅니다.

자신의 소중한 것이 무엇인지 잘 알고 있으면서 자신의 꿈을 향해 착실하게 나아가는 느낌, 확실한 자신의 의견을 가지고 있으면서 타인의 의견도 받아들일 수 있는 여유… 그 사람에겐 이런 점이 있지 않습니까?

자신을 이해해 주는 것처럼 느껴지는 사람, 자신에겐 없는 훌륭한 점을 가진 사람, 함께 있으면 안심할 수 있는 사람, 자신과 비슷한 생각을 가져서 공감할 수 있는 사람…….

많은 사람들이 매력을 느끼는 사람은 이런 부분을 가진 사람이 많습니다. 기브 앤 테이크로 예를 들자면 상대방에게 뭔가 줄 수 있는 사람, 받기만을 원하지 않는 사람도 많습니다.

‘이런 사람이 되고 싶다’고 생각한다면 ‘과연 될 수 있을까?' 하고 불안해하지 말고 먼저 '될 거야' 하고 결심해 보면 어떻습니까?

자신의 장점을 어떻게 살릴지 생각하면 장점이 잘 보이게 됩니다. 그리고 그것을 살려 나가면 **누구나 매력적인 사람이 될 수 있습니다.**

단, 매력적인 사람이 되기 위해서는 사소한 착각을 깨닫거나 감정의 방향을 조금 바꿔보는 등, 몇 가지 신경 써야 할 부분도 있습니다. 그 점을 알고 있으면 많은 사람이 소중하게 느끼는 존재로 변해가는 것도 결코 어려운 일이 아닙니다.

살아가자

당신이 어린 시절에 '이거 갖고 싶어' 하고 생각하면 언제나 부모님이 사주지 않았습니까? 또 '이거 먹고 싶어' 하고 생각한 것은 신기하게도 언제나 냉장고 안에 들어 있지 않았습니까?

어렸을 때부터 이렇게 '하느님이 소원을 뭐든지 들어주신 경험'을 한 사람일수록 인간관계에서나 인생에서도 수동적이 되기 쉽습니다.

주체적으로 움직여서 원하는 것을 손에 넣은 경험이 없으면 계속해서 누군가에게 의존하며 남에게 기대려는 마음을 강하게 품은 채로 어른이 될지도 모릅니다. 그러니 자신이 되고 싶은 사람이 되겠다고 결심했다면 막연히 이렇게 생각하지는 않았는지 잠시 체크해 보는 것은 어떻습니까?

지금까지 누군가에게 기대기만 하고 살아오지는 않았는지, 나중에 누가 도와줄 거라고 생각하는 것은 아닌지, 자신의 꿈을 이루어줄 사람과 만나고 싶다고 생각하지는 않는지…….

자신의 마음속에 그런 생각이 있고 직접 행동하지 않아도 언제나 누가 소원을 들어줬다고 깨달았다면 그 순간이 바로 하느님에게 기대왔던 자신과 결별할 때입니다.

오늘이 새로운 내가 탄생한 날인 것입니다. 오늘을 마지막으로 언제나 하느님이 소원을 들어주길 바라왔던 자신과 인연을 끊으세요. 그러면 자기 손으로 행복을 붙잡을 수 있는 사람이 될 수 있습니다.

그래도 뭔가 새로운 일을 시작할 때나 지금까지 못했던 일을 하려고 할 때, 문득 못할지도 모른다는 마음에 사로잡힐지도 모릅니다. 그렇게 되면 먼저 '이렇게 하자'라는 말이 좀처럼 입에서 나오지 않거나 '제가 할게요', '저에게 맡겨주세

‘요’ 하고 말하기도 망설여질 겁니다.

또한 그중에는 ‘나 같은 건 어떻게 되든 상관없어’, ‘난 아무에게도 필요없는 존재야’ 하고 느끼며 자기에게 자신감을 갖지 못하는 사람도 있을지 모릅니다.

예를 들어 저는 예전에 이런 여성과 만난 적이 있습니다. 어렸을 때 부모님이 이혼한 그 여성은 무슨 일만 생겨도 어머니가 ‘내가 결혼한 건 네가 생겨 버렸기 때문이야. 너만 없었으면 그런 남자랑 결혼해서 고생하지 않았을 텐데’ 하는 푸념을 들으며 자랐다고 합니다.

그녀는 어머니와 사이가 좋았지만 남몰래 ‘만약 내가 없었다면 엄마는 부유한 남자와 결혼해서 팔자 고치고 행복하게 살았을지도 몰라’ 하고 생각할 때도 많았다고 합니다.

그 여성은 어머니에게서 ‘네가 있어줘서 다행이구나. 엄마는 행복하단다’ 라는 메시지를 받지 못했기 때문에 자신이란 존재에 도무지 자신감을 가질 수 없었다고 합니다. 그래서 중요한 순간에 이를 악물고 버티지 못하고 ‘나한텐 무리야’ 라며 포기해 버리는 겁니다.

‘난 부모님께 정말 사랑받고 있어. 부모님께 난 중요한 존재야’ 하고 느끼지 못하고 자라면 ‘난 중요한 사람이고 남들에게 필요한 존재야’ 하는 마음을 가지기가 쉽지 않습니다.

그러나 만약 그런 마음을 품고 있다 하더라도 스스로 변해야겠다고 생각하면 변할 수 있습니다.

“나도 할 수 있어. 원하는 것을 내 손으로 잡을 수 있어.”

이렇게 마음가짐을 고치면 ‘나한텐 무리야’ 라는 생각에서 벗어날 수 있을 것입니다.

이제 그만두자

하고 싶었던 일, 호감을 가졌던 남자, 꼭 가지고 싶었던 물건. 이것들은 어떤 때는 남과 경쟁해서라도 또는 조금 무리인 줄 알면서도 노력하지 않으면 얻지 못할 때도 있습니다. 그러나 사람들은 최후의 순간에 '됐어' 하고 포기해 버릴 때가 많습니다. 최후의 순간에 있는 힘을 다하지 않으면 경쟁할 때도 언제나 상대방에게 승리를 양보하게 될 겁니다.

처음부터 마음속으로 '남과 경쟁해서 상대방을 누르면서까지 뭔가를 가질 필요는 없어' 하고 생각하면 '경쟁해 봤자 소

용없어', '열심히 남보다 앞서 가서 뭐 해?', '어차피 질 텐데
뭐' 라는 방향으로 마음이 기울어질 수도 있습니다.

그렇게 되면 남을 돌봐주는 역할이나 그림자 같은 2인자가
될 때가 많아질 겁니다. 계속 두 번째 자리에 앉아 있는 것에 익
숙해지면 진심으로 원하는 것을 얻기 힘들어질지도 모릅니다.

열심히 남과 경쟁해서 졌다면 그 패배의 경험은 밑거름이
됩니다. 하지만 경쟁하기도 전에 '이제 됐어' 하고 승부를 포
기하면 필요하고 소중한 물건이나 사람을 자기 손으로 움켜쥘
수 있는 힘을 못 내게 됩니다.

원하는 것을 움켜쥘 수 있는 사람은 사람들이 화재 현장에
서 괴력을 발휘하는 것처럼 중요한 때에 큰 힘을 냅니다. 당신
도 될 수 있으면 '화재 현장의 괴력'을 낼 수 있도록 노력해
보지 않겠습니까?

"2인자는 이제 졸업하겠어. 난 1인자가 될 거야."

이렇게 결심하면 새로운 자신의 모습이 보이게 되어 열심히
하고 싶은 마음이 생길 것입니다.

매력은 전해진다

누구라도 여러 가지 상황에서 수많은 경쟁대에 서게 됩니다. 자신의 업무 능력을 보여야 하거나, 같은 남자를 좋아하는 라이벌이 있거나, 하고 싶은 일을 빼앗기고 싶지 않거나, 저 사람에게만은 지고 싶지 않거나… '필사의 승부'를 걸어야 할 상황은 누구든지 경험합니다.

그러나 중요한 승부에서 언제나 꼭 이긴다고는 장담할 수 없습니다.

"밤을 새며 열심히 생각한 기획인데 5분 만에 뚝딱 만들어낸 다른 사람의 기획이 통과되다니! 말도 안 돼!"

"그 사람도 나한테 자주 시선을 줬었는데 옆에 앉아 있던 응석받이에 자기만 아는 여자한테 빼앗겼어! 분하다. 내가 먼저 전화번호를 알아둘 걸……!"

이렇게 울고 싶을 만큼 분할 때도 있을 겁니다. 어쩌면 그 분한 감정이 가슴에 응어리가 되어 스트레스로 변할지도 모릅니다.

"역시 뒷심이 강한 사람은 이길 수 없네."

"확실히 그녀 쪽이 더 눈에 띄는 존재였으니까 어쩔 수 없지."

뒤에 가서는 이런 식으로 자신을 위로하며 포기하는 경우도 적지 않을 것입니다.

하지만 이러한 분한 감정은 어떻게 쓰느냐에 따라서 자신의 힘으로 바꿀 수도 있습니다. 실패나 위기를 만났을 때처럼 이 분한 감정을 원동력 삼아 자기 자신을 2배, 3배 크게 성장시킬 수 있는 것입니다.

분했던 감정을 유익하게 살릴 수 있게 되면 무리하게 감정을 억누르며 어쩔 수 없다고 포기할 필요도 없어집니다.

연속된 패배에 좌절할 것 같으면 '난 이걸로 더 더욱 성장할 수 있어' 하고 마음의 시계 바늘을 반대 방향으로 돌려보는 건 어떨까요? 경쟁대에 서는 것도 자기 힘으로 '필사의 승부'에 나서는 것도 이전보다 편안한 기분으로 할 수 있을 겁니다.

"○○씨, 미안한데 오늘 야근 할 수 있겠어?"

퇴근할 준비를 하려던 참에 이런 말을 들으면 어떻게 하겠습니까?

"아아, 싫은데… 하지만 상사의 부탁인걸. 거절할 수도 없고… 달리 약속이 있는 것도 아니고… 집에 돌아가서 목욕하고 TV 보다가 자는 것밖에 없으니까 뭐……."

머리 속으로 이 생각 저 생각한 끝에 '아, 네…' 하고 대답하는 일이 많지 않습니까?

사실은 싫은데도 거절할 수가 없어서 그냥 쓴웃음을 지으며 고개를 끄덕이고 맙니다. 그것은 '왠지 NO라고 말하면 안 될 것 같고 NO라는 말을 잘 못하겠어' 하고 느끼기 때문일지도 모릅니다.

무슨 일이든지 YES라고 말할 수 있다는 것은 어떤 의미에서 그 사람의 미덕입니다. 그러나 싫다고 말하지 못하면 자칫 '편하게 부릴 수 있는 사람'이 되어버릴 가능성도 있습니다. 그러다가 정신을 차리고 보면 잡일하는 사람처럼 되어 아무 일이나 떠맡고 있습니다. '어째서 나한테만 이런 일이 일어나는 거야?' 하는 의문이 가슴속으로 밀려오지 않습니까?

어쩌면 확실히 거절할 수 있는 사람을 보고 '일에 좋고 싫고가 어디 있어? 세상일이 어디 그렇게 자기 마음대로 굴러갈 것 같아?', '자기 멋대로 행동해 봤자 사회에서는 통하지 않아' 하고 생각하고 있을지도 모릅니다.

하지만 생각을 바꿔보면 NO라고 말할 수 있는 사람은 '난 이렇게 하고 싶다' 하고 상대방에게 확실히 전달할 수 있는 사람이기도 합니다. 그래서 남들이 편할 대로 부려먹는 일도 없습니다. 또한 일에서나 연애에서나 자신이 원하는 것을 쉽게 얻을 수 있게 될 겁니다. 그것은 억지를 쓰는 것과는 다릅니다. 다섯 번에 한 번이라도 좋습니다. '죄송하지만 오늘은 일이 있어서요…' 하고 말할 수 있는 자신이 되어보지 않겠습니까?

살 수 있다

제가 아는 여성 중에 언제나 집 안에 하느님이 있었던 사람이 있습니다. 그녀가 학교에서 돌아와 냉장고를 열면 좋아하는 주스, 푸딩, 요구르트가 빠짐없이 들어 있어 원하는 것을 집기만 하면 되었다고 합니다.

그녀에게 냉장고를 열면 원하는 것이 들어 있는 것은 당연한 일이라 '어째서 언제 열어도 들어 있는 걸까?' 하는 의문은 한 번도 가지지 않았던 모양입니다. 자동 판매기나 가게에서 살 수 있다는 것조차 몰랐다고 합니다.

그런 그녀가 대학생이 되어 대학교 기숙사에서 자취를 시작했습니다. 등교 첫날, 학교에서 돌아오자 아침에 벗은 파자마가 벗어놓은 그대로 남아 있었습니다.

"어머? 왜 그대로 있지? 어째서 개켜져서 침대 위에 있지 않은 걸까?"

신기하게 생각한 그녀는 그때서야 깨달았습니다. 모든 일을 부모님이 해주셨다는 사실을 말입니다.

그녀만큼은 아닐지라도 이 시대를 사는 많은 사람들이 그녀처럼 자라왔습니다. 모든 일을 부모님이 해주기만 하고 본인 스스로 한 경험은 없이 자랐다고 할 수 있을 겁니다.

이제는 아무도 냉장고에 주스를 넣어두지 않고 방도 정리해주지 않습니다. 그렇게 되면 목이 마르면 주스를 직접 사러 가야 하고 어질러진 방 안이 싫으면 스스로 정리할 수밖에 없습니다. 그러나 그중에는 그렇게 생각하지 못하는 사람도 있는 모양입니다.

"기다리면 누군가 사다 줄 거야."

"나중에 누가 청소해 주겠지."

그 누군가는 부모님일 수도 있고 챙겨주기 좋아하는 친구나 애인일 수도 있고 회사 동료나 청소 서비스 직원일지도 모릅니다. 그러나 그렇게 생각하면 그 사람의 마음속에는 좀처럼 '내가 하겠다' 라는 발상이 생기기 어려워질 것입니다.

'나중에 누가 해주겠지' 하고 생각하면 도와줄 사람의 출현을 기다리게 됩니다. 만일 도와줄 사람이 나타나지 않았을 경우, 자칫하면 생각이 '왜 아무도 도와주지 않지?' 로 흘러가게 될 수도 있습니다.

하지만 거기서 '그렇구나. 내가 해야 하는 거구나' 하고 깨달을 수 있다면 수동적인 자신과 결별할 수 있습니다. 스스로 결정하고 행동할 수 있는 사람은 자신이 원하는 것을 손에 넣을 기회가 커집니다. 괜히 누가 도와주기를 기다리는 마음이 없는지 잠시 뒤돌아서 생각해 보는 것도 중요할 겁니다.

상대방에게 돌려주는 사람

좋아하는 사람이 생기면 자신의 모든 것을 알아주길 바라게 됩니다. 있는 그대로의 자신의 모습을 받아들여 주길 바라는 것은 당연한 이치입니다. 연애를 하는 사람이라면 남자도 여자도 분명 그렇게 생각할 겁니다.

상대방이 있는 그대로의 자신을 알게 되면 솔직한 모습으로 관계를 지속할 수 있습니다. 꾸밀 필요가 없으니까 진심으로 안심하고 편안한 마음으로 연애를 마음껏 즐길 수 있습니다.

하지만 그렇다고 모든 것을 통째로 상대방에게 드러내도 좋은 것은 아닙니다. 그중에는 감춰두고 싶은 일도 있지 않을까요?

예를 들어 '당신 앞에서는 솔직해지고 싶으니까 내 과거도 전부 알아주면 좋겠어' 하고 과거의 연애 경험에 대해 모조리 말해 버렸다고 합시다.

말한 사람은 '여태까지 정말 괴로웠고 그 모든 과거까지 포함해서 지금의 내가 만들어진 거니까 정직하게 말하고 싶었어'라는 기분일지도 모릅니다. '당신을 위해 전부 고백하는 편이 좋다고 생각했어. 그것이 당신을 사랑하는 증거니까 비밀은 가지고 싶지 않아' 하고 생각할지도 모릅니다.

그러나 그 과거를 들은 사람은 어떤 기분이 들까요? 그것은 반대 입장이 되어 생각해 보면 알 수 있습니다.

만일 '당신의 모든 것을 알고 싶으니까 지금이라도 말해 줘' 하고 물어봤는데 애인이 과거에 사귀었던 여성과의 수많은 추억들을 전부 고백했다면 듣는 당신은 너무나도 괴로워지지 않을까요?

사람인 이상 자신이 좋아하는 사람에게 그런 이야기를 들으면 입으로는 아니라고 해도 마음속은 역시 괴로울 겁니다.

만약에 애인이 '나는 받아들일 수 있으니까 이야기해도 돼' 하고 말했더라도 최종적으로 그의 마음에 상처를 입히거나 괴로움을 줄 만한 이야기는 마음속에 묻어두는 편이 좋습니다.

"이 이야기를 털어놓으면 이 사람에게 무거운 짐을 지우게 하는 것일지도 몰라."

"듣고서 괴로워할 거야."

이렇게 생각하는 사람이 진정으로 상대방을 사랑하는 사람이 아닐까요?

그도 너무나 괴로운데도 자신을 생각해서 참고 있는 당신의 마음을 알아줄 것입니다. 상대방이 상처받을 만한 이야기까지 하거나 있는 그대로의 모습을 보여주는 것보다 상대방을 생각해서 하지 않아도 될 말은 하지 않는 여성 쪽이 훨씬 상대방의 마음에 남을 것입니다.

전달하는 힌트

자신의 매력을 효과적으로 전달하기 위해서는 자신감을 가진 사람과 접하고 선택받는 것이 중요합니다. 이렇게 말하면 그것을 '자신을 보다 훌륭하게 보이는 것'이라고 생각하는 사람이 있을지도 모릅니다.

물론 자신을 훌륭하게 보이는 것은 중요합니다. 장점을 살려서 자신을 알리기 위해서는 자신을 훌륭하게 보이는 것도 필요하기 때문입니다.

단 사실보다 더 훌륭하게 보이려는 데에 집착하면 경우에 따라 자기중심적인 태도로 보일 수도 있습니다.

자기 주장만 강해지고 상대방에게 뭔가를 시키는 것을 당연하다 여기고 억지를 부리려는 태도, 이런 것들은 '보다 훌륭하게 보이는 것'이 아니라 자기중심적인 태도로밖에 보이지 않습니다.

예를 들어 추운 날 바깥에서 일부러 코트를 벗어 자신에게 걸쳐 준 사람에게 '난 이 사람에게 필요한 사람이야. 이 정도는 당연하지' 하고 생각할 것인가, 아니면 '자기도 추울 텐데 날 위해 코트를 걸쳐줬구나. 뭔가 따뜻한 음료라도 사주자' 하고 생각할 것인가? 여기엔 상대방에 대한 배려라는 부분에서 커다란 차이가 있습니다.

연애뿐만 아니라 직장에서도 진정한 의미의 '자신을 보다 훌륭하게 보일 수 있는 사람'이란 상대방에 대해 생각하고 배려하며 자신의 어리광이나 욕구는 어느 정도 인내할 수 있는 사람이 아닐까 생각합니다. 그래서 좋은 관계를 유지할 수 있고 마침내는 서로를 존경할 수 있는 관계로 발전시킬 수 있는 것입니다.

자신을 광고하려고 해도 광고할 만한 내용물을 갖추지 못하면 상대방에게 전달되지 않습니다.

3장에서도 언급했듯이 마음속의 향료 선반이 가득 찬 사람은 톡톡 튀면서도 매력적인 사람이 될 수 있습니다. 마음의 선반에 놓을 것이 있는 사람과 없는 사람, 많이 놓은 사람과 적게 놓은 사람은 내면에서 우러나오는 '나'라는 색깔의 밀도도 달라집니다.

선반에 놓인 것이 많으면 많을수록 그 사람의 존재감이 강해져서 특별히 아무것도 하지 않았는데도 있는 것만으로도 돋보이는 사람이 됩니다.

선반에 놓여 있는 것은 그 사람이 체험하고 자신의 밑거름으로 만든 것입니다. 그래서 놓여 있는 것의 수는 그 사람의 인간적인 무게의 바로미터라고 할 수 있습니다.

혹시 하고 싶은 일은 따로 있는데도 그냥 매일 맡겨지는 일을 기계적으로 하고 있지는 않습니까? 어딘가에 자신과 천생연분인 남자가 있을 거라고 느끼면서도 그냥 곁에 있는 남자와 사귀고 있지는 않습니까? 이러한 나날들이 계속되면 선반에 놓인 것들은 좀처럼 늘어나지 못합니다.

반대로 어떤 일이라도 자신이 해야 할 일이나 어떻게 하면 의뢰한 사람이 만족할까를 생각하며 일하는 사람, 차 심부름이나 전화받는 일이라도 거기서 뭔가를 배우려고 생각하는 사람의 선반 위는 얼마든지 늘어날 수 있을 겁니다.

이별도 그렇습니다. 자신을 되돌아보고 애인과의 이별을 자신의 성장에 유익하게 쓰려고 생각하는 사람은 실연조차도 선반 위에 놓을 것으로 바꿀 수 있어서 지금보다도 훨씬 근사한 여성이 될 수 있습니다.

이러한 마음가짐으로 여러 가지 일에 뛰어들 수 있는 사람의 선반은 점점 가득 차 갈 것입니다. 선반의 내용물이 늘어나면 장래의 꿈을 이루는 것도, 알차게 살아가는 것도, 바라던 생활을 현실화시키는 것도 어렵지 않을 겁니다.

자신의 선반에 어떤 것이 얼마나 있는지 한 번 재고 조사를 하는 것도 좋을 겁니다. 만약 아직 공간에 여유가 있다면 그곳에 무엇을 놓을지 생각하고 행동해 보는 것은 어떻습니까?

만들기까지

'자기 찾기'라는 말이 있습니다. 이 말을 듣고 '지금의 나는 진짜 내가 아니야. 그러니까 진짜 나를 찾아야 해' 하고 공연히 초조해지는 사람도 있을 겁니다.

하지만 '자신'이라는 존재는 찾는 것이 아니라 만드는 것일지도 모릅니다. 사실 수많은 경험을 자신의 밑거름으로 삼아 선반 위를 가득 채우는 것이 '자신'을 가장 빨리 찾을 수 있고 빛나게 하지 않을까요?

다도나 꽃꽂이, 영어, 플라멩코 등 이것저것 손을 대봤지만 결국 아무것도 못 배우지는 않았습니까? 두 남자와 사귀면서도 자신으로서는 나름대로 괜찮은 연애를 한다고 생각합니까? 하지만 어중간한 사랑은 결국 아무것도 남지 않습니다.

이런 상태는 예를 들자면 동시에 세 종류의 메인 요리를 만드는 것과 같습니다. 생선을 손질하고 고기를 굽고 파스타 만들기를 동시에 하려고 하면 설구워지거나 맛이 배지 않아서 아무것도 먹을 만한 음식이 못됩니다.

그것보다도 하나하나의 요리를 공들여서 만들어봅시다. 시간이 걸려도 맛있는 음식을 만들어봅시다. 그러는 편이 선반 위도 훨씬 알차게 될 겁니다. 영어회화 교실에 다니거나 번역 공부를 하거나 다도나 꽃꽂이 강습에 나간다면 어느 정도의 경지에 이를 때까지 열심히 다녀보세요. 그것이 선반의 내용물을 늘리기 위한 중요한 부분이 될지도 모릅니다.

누가 먹어도 맛있다고 할 요리를 시간을 들여 완성하는 것이 계속 어중간한 것만 늘리는 것보다 진정한 의미의 선반 만들기가 될 것입니다.

작은 깨달음

고등학교 3년간을 이성에 눈길도 주지 않고 오로지 클럽 활동에만 열중하지 않았습니까? 그런 사람은 '열중했다'라는 사실만으로도 선반에 쌓아놓을 것이 하나 만들어진 것입니다.

고등학교 1학년 때부터 그저 설렁설렁 살며 노는 데에만 흥미를 가졌던 나날들. 남자친구를 매일 갈아치우고 공부도 제대로 한 적 없이 보낸 3년간과는 명백하게 다르지 않을까요?

나중에 되돌아보았을 때 '난 이걸 해왔어'라고 말할 수 있는 것이 많으면 '나'라는 존재의 색깔이 점점 진해지게 됩니다. 이것은 클럽 활동에 열중한 경험이어도 좋고 좋아하는 취미에 밥 먹는 것도 잊고 빠져들었던 경험이라도 좋습니다.

물론 주어진 일에 있는 힘을 다해 뛰어들었던 경험, 누군가를 일편단심으로 진지하게 좋아했던 경험이라도 상관없습니다.

공백의 나날을 보내온 사람은 겉보기에도 형태가 흐릿하고 윤곽도 잘 알 수 없기 십상입니다. 그러나 아무리 작은 일이라도 뭔가에 진심으로 빠져들었던 경험이 있는 사람은 자신의 색깔이 점점 뚜렷해지게 됩니다.

전체적인 윤곽이 뚜렷하면 뚜렷할수록 그 사람의 존재감도 점점 커집니다. 일부러 눈에 띄려 하지 않아도 거기 있는 것만으로 '난 여기 있다' 하고 주장할 수 있게 됩니다.

자신이라는 존재를 주위에 확실히 알리기 위해서는 자신을 빛나게 하는 재산을 자신 안에 쌓아나가는 것이 중요합니다. 뭔가에 열중하거나 의식적으로 뭔가를 단련하는 것처럼 작은 일이라도 상관없으니 뭐라도 선반에 놓을 수 있도록 노력해 봅시다. 그런 마음을 가지면 자신의 색깔도 점점 진해질 것입니다.

"난 내 힘으로 인생을 만들어 나가고 있어. 기차 레일을 연결해서 내가 나아갈 길을 만들고 있어. 그건 알지만 내 손으로 만든 레일은 불안해서 달릴 수가 없어. 그러니까 역시 누군가 신뢰할 수 있는 사람이 레일을 깔아줬으면 좋겠어……."

이렇게 수동적이 되면 남에게 필요한 사람이 되고 싶고 인정받고 싶다고 생각해도 좀처럼 그 소원이 이루어지지 않습니다. 다른 레일로 갈아타도 다른 길을 선택해도 어떤 인생을 선택해도 수동적인 태도를 취하면 결국 '언젠가 누군가 나를…'의 세계에서 빠져나올 수 없습니다.

언제나 수동적이고 누군가 자신의 인생을 만들어주길 바라는 사람은 상대방에게 기대는 일도 많습니다. 또 책임을 상대방에게 맡기고 자신을 이끌어주길 바라기 쉽습니다.

그 사람의 애인은 처음엔 얌전하고 귀여운 여자라고 생각할지 모릅니다. 그러나 시간이 지나면 기대기만 하는 것에 부담을 느끼게 될지도 모릅니다. 그도 남에게 의지하고 싶을 때가 있을 겁니다. 그럴 때 의지할 수 없는 사람이라면 머지않아 피곤해져서 '필요없는 여자'라고 느낄지도 모릅니다.

상사나 동료는 싫은 표정 짓지 않고 하라는 대로 성실히 일하는 사람을 좋아합니다. 그러나 자청하고 나서서 일하려 하지 않는 사람에게 큰일이나 중요한 일을 맡기는 일은 드물지 않을까요?

존재감있는 사람, 카리스마가 느껴지는 사람, 눈부시게 빛나는 사람은 확실한 자신감을 가지고 무슨 일이든지 스스로 선택할 수 있는 사람이기도 합니다. 주체적인 사람이라서 가만히 있기만 해도 자신을 알릴 수 있고 주위에서도 신뢰받습니다.

남들에게 필요한 사람, 선택받는 사람이 되고 싶다면 '남들에게 자연스럽게 선택받는 나'가 되는 것이 중요합니다. 그러한 자신이 되기를 '선택'하고 그런 자신으로 만들어줄 일이나 사람을 스스로 '선택'할 수 있으면 분명히 자신이 원하는 인생을 살아갈 수 있을 것입니다.

"난 할 수 있어. 난 괜찮아."

이렇게 생각할 수 있는 사람은 자신에 대해 신뢰감을 지닌 사람입니다. 혹은 '난 괜찮아' 하고 자신을 긍정할 수 있는 자기 인식을 가진 사람이라고 할 수 있을 겁니다.

'난 괜찮아' 가 의식의 밑바닥에 깔려 있는 사람은 자신감을 가지고 어떤 일에든지 도전할 수 있습니다. 남에게 자신을 선택해 달라고 자연스럽게 호소할 수도 있습니다.

한편, 자신에 대해 '난 괜찮아' 와는 정반대로 인식하는 사람도 있습니다. 이런 사람은 자신에게 신뢰감을 갖지 못해서 최후의 순간에 '난 무슨 일을 해도 안 돼', '어차피 난 못해' 하고 힘이 빠져 버립니다. 중요한 때에 이를 악물고 버틸 수가 없습니다.

마지막 골인 지점 앞에서 가슴을 힘차게 내밀 수 없는 사람은 이 '난 괜찮지 않아' 라는 인식에 빠져 있을 때가 많습니다. 그런 사람들은 무슨 일이든지 정면으로 맞서지 못합니다. 자신을 긍정하지 못한다는 것은 정말로 괴로운 일입니다. 자신을 돌아보고 만일 '난 괜찮지 않아' 하고 느껴지는 사람은 먼저 자신을 긍정하는 것부터 시작해 봅시다.

자기 긍정감(自己肯定感)은 성공을 거듭할수록 불어납니다. 3장에서 소개했던 것처럼 일상생활 속에 작은 장애물을 만드는 것부터 시작합시다. 처음엔 낮게 시작해서 점점 높게 만듭니다. 그렇게 장애물을 차례차례 넘어가면서 마지막에는 자신에 대한 자신감이나 신뢰감을 얻게 될 겁니다.

"왠지 내 인생은 시시해."

문득 이런 생각에 휩싸일 때가 있지 않습니까?

남이 깔아준 레일 위에서는 안심하고 달릴 수 있습니다. 타고 있는 것이 설령 제트코스터처럼 스릴 넘치는 것이라도 신뢰할 수 있는 설계자가 만들었으니까 레일에서 벗어날 걱정은 필요없습니다.

부모님, 선생님, 상사, 혹은 애인, 이렇게 자신이 신뢰할 수 있는 사람이 만들어준 레일은 그 위에 있어도 안전합니다. 그러므로 가끔 레일이 덜컹거려서 무서워지더라도 그 무서움을 가벼운 스릴로 즐길 수 있습니다. 그러다 보면 이렇게 생각할 수도 있을 겁니다.

"저기를 올라갔다 내려가고 그 앞에서 두 번 회전하는데… 무슨 일이 일어날지 다 알아서 좀 재미없네."

하지만 웬만큼 즐길 수 있으면 내릴 생각까지는 하지 않습니다. 슬슬 질릴 때가 됐어도 계속 타고 있는 것이 편합니다. 그래서 '이대로 있어도 괜찮겠지' 하고 생각합니다.

하지만 그런 나날을 보내며 정말로 만족할 수 있을까요? 인생이란 그런 것이 아니라는 생각이 들지 않습니까?

스릴을 맛볼 수 있어서 즐겁다고는 해도 그 스릴은 어차피 '조금 두근두근한' 정도입니다. 원래 인생에는 레일 같은 것이 준비되어 있지 않습니다. 자신의 인생에 레일을 깔 수 있는 사람은 자신밖에 없기 때문입니다. 처음부터 스스로 레일을 만들고 제트코스터를 준비해서 달려야 합니다. 그래서 더욱 앞으로 무슨 일이 일어날지 모르는 스릴에 가슴이 두근거리고 인생이 역동적으로 변하지 않을까요?

아무도 자신의 인생의 레일을 설계해 주지 않습니다. 커브

길을 돌면 위험이 도사리고 있을 가능성도 있습니다. 그 속에서 어떻게 선택해 갈까? 그 점이 모험이고 **모험이 있어서 인생도 더 충실해질 것입니다.**

　자신이 만드는 인생은 쾌적합니다. 자신만의 인생을 자신답게 살아갈 수 있는 사람이 되지 않겠습니까?

7장 운명을 붙잡는 '특별한 기운'을 발산한다

나만의 '승부수'가 숨어 있는 매일을 만들자

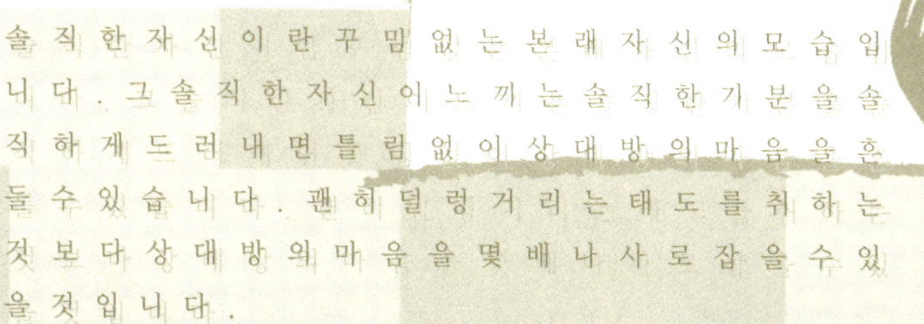

솔직한 자신이란 꾸밈없는 본래 자신의 모습입니다. 그 솔직한 자신이 느끼는 솔직한 기분을 솔직하게 드러내면 틀림없이 상대방의 마음을 흔들 수 있습니다. 괜히 덜렁거리는 태도를 취하는 것보다 상대방의 마음을 몇 배나 사로잡을 수 있을 것입니다.

자신의 소탈한 면을 알리고 싶으면 항상 너그럽다는 점에서 그 장점을 발휘하는 편이 효과적입니다. 일을 척척 잘하지만 그것을 솜씨 좋고 세련되게 할 수 있는 사람이 좀 더 매력적으로 느껴질 겁니다.

시나리오를 쓰자

자신의 좋은 점이나 장점을 충분히 이해하고 살리면 그 모든 것들이 '상대에게 필요한 사람'이 되기 위한 강력한 도구가 되어줄 것입니다. 또 지금까지 겪어온 경험, 지금 가지고 있는 옷이나 신발, 배워온 것, 혹은 연애의 기술까지 합쳐서 '나'라는 사람을 인상 깊게 만들어줄 무기가 될 것입니다. 예를 들어 옆 사무실의 주임에게 호감을 가졌다고 합시다. 그러면 직장에서 그의 업무를 도와주고 자신의 기술이나 능력을 인상 깊게 만드는 것으로 자신을 알릴 수 있을 겁니다. 또한 직장이 아닌 자리에서도 이처럼 장점을 살려 자신을 알릴 기회를 만들 수 있습니다.

옛날에 테니스부에 있었고 테니스가 특기라면 부서 사람들과 놀러 가는 이야기가 나왔을 때 '함께 테니스를 치는 건 어떨까요?' 하고 제안할 수 있습니다. 자신의 특기 분야에서 승부를 낼 수 있기 때문에 그 사람에게 자신의 존재를 인상 깊게 만들 수 있을 겁니다.

만일 테니스가 아니라 캠프라도 거기서 자신의 특기를 발휘하면 됩니다. 요리가 특기라면 자진해서 요리를 담당해 그를 감탄케 합시다. 혹시 정리가 특기라면 텐트 주변을 척척 정리해서 정리를 잘한다는 점을 인식시킵니다. 이렇게 자신의 장점을 살릴 수 있는 곳을 적극적으로 찾아서 자신의 존재가 인상에 남도록 행동하면 소망이 이루어질 가능성이 점점 높아집니다.

자신에게 정말로 필요한 사람, 원하는 물건을 찾아도 갖고 싶다고 생각만 하고 있으면 영영 손에 넣을 수 없습니다. 가지고 싶으면 **이제 필요한 것은 어떻게 손에 넣을 수 있는지** 생각하는 것입니다. 안 좋게 들릴 수도 있으나 그 사람이 자신을 선택하게 만들기 위해 작전을 짜는 것도 중요합니다.

무엇인가?

자신의 장점을 살려 상대방이 자신을 선택하게 만들겠다고 결심하면 지금까지와는 달리 행동이나 대화에 사람을 끌어들이는 매력이 넘치게 될 것입니다. 그리고 많은 사람들이 함께 있고 싶어하는 사람으로 변해 갈 것입니다.

대화 하나를 해도 상대방이 럭비를 좋아하는 사람이라면 '와아, 저도 럭비 좋아해요. 우연이네요' 하고 말을 꺼내서 대화를 즐겁게 만듭니다. 아니면 '그렇지 않아도 저도 럭비에 대해 알고 싶었어요. 기쁘네요. 좀 가르쳐 주시겠어요?' 하고 상대방의 이야기에 진지하게 귀를 기울입니다. 또는 자신의 실패담을 재미있게 말하거나 상대방의 이야기에 진심으로 공감해서 '느낌이 좋은 사람' 이란 느낌을 줄 수 있을지도 모릅니다. 그렇게 되면 상대방이 느끼는 호감도는 점점 높아질 겁니다.

자신의 장점이나 좋은 점, 개성을 잘 알고 있는 사람은 자신감이 우러나옵니다. 그래서 그의 마음을 붙잡아두고 싶어 속박하거나 관계를 부담스럽게 느끼게 할 만한 행동도 줄어듭니다. '다음엔 언제 만나줄 거야?' 하고 자꾸 재촉하거나 자신의 스케줄을 전부 그에게 맞춰 정하거나 그의 행동을 전부 알고 싶어하는 등의 많은 여성들이 빠지기 쉬운 함정도 피해갈 수 있을 것입니다.

기다리는 것을 포기하고 스스로 행동하게 되면 수동적이었던 생활 패턴이 능동적으로 변하게 됩니다. 자신감을 가지고 갖고 싶은 것, 소중한 것을 얻기 위해 노력하게 됩니다. 물론 어떤 태도를 취해야 자신의 장점이 전해지고 사람을 끌어들이는 매력이 있는 사람이 될 수 있을지 하는 요령도 점점 알게 될 것입니다.

요 령

패션이나 화장에도 굉장히 신경 쓰면서 왠지 책상 위는 엉망진창인 사람이 있습니다. 그런 사람은 자신을 일을 열심히 하는 사람으로 보이고 싶은지도 모릅니다. 혹은 그런 사소한 일은 신경 쓰지 않는 것이 장점이라고 생각하고 있는지도 모릅니다. 아니면 그저 정리가 싫은 것일지도 모릅니다.

그러나 어떤 이유에서라도 만일 책상 위를 어지르는 것이 자신의 장점을 알리기 위한 행위라면 그것은 크나큰 오해라고 할 수 있습니다.

"내 장점은 사소한 일에 별로 신경 쓰지 않고 소탈하게 사는 점이야."

"주어진 일은 뭐라도 열심히 하는 것이 내 좋은 점이지."

이렇게 자신의 좋은 점을 잔뜩 발견하면 다음은 그것을 점점 발휘할 수 있도록 만드는 것이 중요합니다.

그러나 장점을 드러내는 방법이 잘못되면 어떨 때는 역효과가 날 수도 있으니 주의해야 합니다.

소탈하고 조금 선머슴 같은 면이 좋은 점이라고 말투에서 여성스러움을 배제하거나 일을 척척 잘하는 것이 장점이라며 책상 위에 정리 안 된 서류를 산더미처럼 쌓아놓는 방법은 역효과가 되기 십상입니다.

"보고 있으면 기분이 좋아."

"함께 있으면 마음이 편안해."

"저 사람은 매력적이야."

이렇게 느껴지는 부분은 사람이라면 대부분 똑같을 겁니다. 남녀를 불문하고 책상 위가 반듯하게 정리되어 있으면 기분이 좋고 말투가 정중한 사람에게는 호감을 가지게 됩니다.

아무리 남녀 공동 사회가 되어서 남자다움이나 여자다움을 의식할 필요가 없어졌다고 해도 역시 여성이라면 여성다움이, 남성이라면 남성다움이 느껴지는 사람이 매력적으로 보입니다.

자신의 소탈한 면을 알리고 싶으면 항상 너그럽다는 점에서 그 장점을 발휘하는 편이 효과적입니다. 일을 척척 잘하지만 그것을 솜씨 좋고 세련되게 할 수 있는 사람이 좀 더 매력적으로 느껴질 겁니다.

직장 또는 연애에서 자신의 좋은 점을 어떻게 살릴까 생각할 때 역효과가 나지 않도록 자신다움을 드러내는 것도 잊지 않기 바랍니다.

연출

남성은 의외로 엄격하고 냉정한 눈으로 여성을 봅니다. 아무리 예쁘게 치장하고 흔히 말하는 '남자들이 좋아하는' 스타일로 온몸을 휘감아도 몸가짐이나 대화하는 방법, 책상 위나 서랍 속에 여성다움이 결여되어 칠칠맞게 느껴지는 사람을 매력적으로 보지는 않습니다. 그런 의미로 남성은 아직도 대단히 보수적입니다. 만약 의도를 전하는 방법이 잘못되면 힘들게 찾아낸 자신의 좋은 점이 당치도 않은 오해를 살 수도 있습니다.

사람은 처음에 받은 인상으로 그 사람의 이미지를 만듭니다. 나중에 '이 사람한테 이런 면도 있었나?' 하는 새로운 일면을 보아도 그 첫인상은 끝까지 강하게 남습니다. 그래서 처음에 '칠칠맞은' 혹은 '덜렁대는' 인상을 주면 나중에 상냥하고 똑똑한 면을 보여줘도 그 사람의 인상이 좀처럼 좋은 쪽으로 변하기는 어렵습니다. 좋은 면을 보인 횟수보다 '역시 칠칠맞은 사람이군'이라는 시선을 받는 일이 더 많아질 것입니다.

요즘 여성들 중에서는 수줍음이나 얌전함을 드러내는 것이 꼴사납다고 생각하는 사람도 있는 모양입니다. 정숙하지 않으면 여성이 아니라든가 수줍음을 잃어버리면 여성이 아니라고 말할 생각은 없지만 그렇다고 해서 여성다움을 완전히 배제해버리는 것도 어떤 의미로 지나칠지도 모릅니다.

덜렁대는 것이 멋지고 재미있다는 유행 때문에 여성다운 배려나 따뜻함, 편안한 분위기를 내면에 감춘 채 드러내지 않는 것은 아깝지 않습니까? 남성은 역시 이런 여성다움, 부드러움에 끌리는 수가 많습니다.

남성적인 면은 있지만 여성다움도 지니고 있는 두 가지 측면이 밖으로 드러나 각자의 장점을 부각시키기 때문에 그 사

람의 매력이 되는 겁니다. 그런 사람은 남성뿐만 아
니라 같은 여성도 많은 매력을 느낄 것입니
다.

여기서는 여성들이 왠지 착각하고 있는 것처럼 느껴지는 부분에 대해서 이야기할까 합니다.

요즘 들어서 '밥 먹었냐?', '그러니까라고 했잖아, 임마' 같은 남자 말투를 쓰는 여성들이 늘어난 것 같습니다. 그런 사람들은 발랄하고 꾸밈없는 자신을 연출하고 있는 것일지도 모릅니다. 그러나 여성의 입에서 난폭한 남자 말투가 튀어나오면 그 격차에 위화감이 느껴집니다.

선머슴 같은 것과 발랄하고 꾸밈없는 것과는 다르지 않을까요? 꾸밈없이 털털한 성격은 그 사람의 매력이 될 수 있지만 선머슴같이 덜렁대는 것은 그 사람의 이미지를 손상시키기 쉽습니다. 매력이 되지 못할 때가 더 많을 겁니다.

남자의 눈으로 보면 선머슴같이 덜렁대는 행동이 꼭 좋게 비치지만은 않습니다. 난폭한 남자 말투뿐만 아니라 전철 안에서 화장을 하거나 머리에 컬을 만 채로 자리에 앉아서 천천히 세팅을 시작하는 행동도 똑같습니다.

상상해 보세요. 속바지를 입은 아저씨가 남의 이목도 꺼리지 않고 늘어지게 하품을 하면 어떻겠습니까? 그 아저씨에게 매력이 느껴질까요? 만약 남자처럼 행동하는 것이 멋지게 느껴진다면 삼류 아저씨를 흉내 내지 말고 기왕이면 일류 엘리트인 남성을 흉내 내는 건 어떻습니까?

일류 남성의 태도는 영리하고 세련되며 신사적입니다. 그런 사람들은 덜렁대지도 않고 남에 대한 배려나 에티켓에도 민감합니다. 일류가 아니면 할 수 없는 행동거지를 흉내 낼 수 있다면 남성적인 세련미와 동시에 성숙한 여성다운 우아한

손놀림, 자연스러운 배려, 기품있는 우아함도 익힐 수 있을 겁니다.

　그런 몸가짐은 많은 사람들의 마음을 매혹시킵니다. 삼류보다 일류를 흉내 내면 그 사람의 매력이 한층 더 빛나게 될 것입니다.

그렇지 못한 사람

원래는 정말 여성스럽고 얌전한 사람인데 중요한 때에 덜렁대는 사람이 있습니다.

예를 들어 남성이 '실은 널 좋아해' 하고 고백하면 '우와, 그랬어? 크하하!' 하고 입을 크게 벌리고 웃어버립니다. 부끄러워서 그러는 것일지도 모릅니다. 하지만 그럴 때일수록 본래의 여성스러운 모습, 얌전한 모습을 있는 그대로 드러낼 수 있다면 그 사람의 매력이 한층 더해질 것입니다.

평소엔 그렇게 여성스럽지 않아도 이런 상황에서 솔직한 자신의 모습이 슬쩍 보이면 인상에도 강하게 남습니다. 그 격차에 마음을 빼앗기는 사람도 많을 겁니다.

솔직한 자신이란 꾸밈없는 본래 자신의 모습입니다. 그 솔직한 자신이 느끼는 솔직한 기분을 솔직하게 드러내면 틀림없이 상대방의 마음을 흔들 수 있습니다. 괜히 덜렁거리는 태도를 취하는 것보다 상대방의 마음을 몇 배나 사로잡을 수 있을 것입니다.

그러나 착각하면 안 되는 것도 있습니다. 꾸밈없이 솔직한 자신이나 진심을 내보이는 것과 본성을 낱낱이 드러내는 것은 다릅니다.

예를 들어 사람 앞에서 아무렇지도 않게 하품을 하거나 식사 중에 트림을 하는 행위가 꾸밈없이 솔직한 자신을 보여주는 거라고 생각하면 착각입니다. 그것은 본성을 낱낱이 드러낼 뿐이지 솔직한 자신을 보여주는 것이 아닙니다.

책상 위를 정리하지 않은 채 방치해 두는 것도 같은 의미에서 솔직한 모습을 보여주는 것이 아니라 본성을 낱낱이 드러내는 것과 같습니다.

솔직한 자신의 모습을 솔직하게 내보이는 것은 아주 중요합니다. 그러나 남들이 봤을 때 매력적으로 보이는 것은 장점을 열심히 갈고닦아서 만들어낸 그 사람의 개성이라는 의미에서 의 '솔직한 자신'이 아닐까요?

'유유상종'이란 말이 있습니다. 비슷한 사람들끼리 자연히 이끌려서 모인다는 의미입니다만 이 말대로 자신의 전파가 어떤 색을 발산하고 있는가에 따라 자기 주위에 모여든 사람도 변합니다. 전파는 기운이라고 바꿔 말해도 좋을 겁니다.

골반 청바지를 입고 머리를 금발로 염색하고 배꼽을 드러내고 다니는 여성에게는 헐렁헐렁한 바지를 밑으로 내려 입은 남성들이 모여들 테고 머리를 꽉 묶고 하얀 블라우스에 감색 스커트를 입은 여성에겐 양복을 말쑥하게 차려입은 남성들이 모여들 것입니다. 하얀 블라우스에 감색 스커트 차림의 여성에게 헐렁헐렁한 바지를 입은 남성이 모여드는 일은 아마 없을 겁니다.

사람이란 누군가와 접했을 때 자신과 같은 세계 사람인지 아닌지를 순식간에 판단하는 동물입니다. 상대방의 몸가짐이나 표정, 동작 같은 것에서 발산되는 전파를 순간적으로 잡아내어 자신과 같은 세계 사람인지 아닌지를 판단하고 선택하는 것입니다. 다시 말해서 자기 주위에 있는 사람들이 어떤 사람인지 살펴보면 자신이 어떤 전파를 보내고 있는지 어느 정도 알 수 있습니다. 반대로 자신이 발산하는 전파를 선택해서 모여드는 사람을 바꿀 수도 있습니다.

사람은 전파에 실로 민감하게 반응합니다. 발뒤꿈치를 질질 끌며 어슬렁어슬렁 걷고 있는지, 아니면 등줄기를 쭉 펴고 걷고 있는지, 걷는 법 하나만으로도 반응해 오는 사람이 달라지는 것입니다.

등줄기를 쭉 펴고 걷고 있으면 칠칠맞은 사람이 다가오지 않게 됩니다. 그러나 겉모습은 단정해도 남에게 받기만을 바라면 흑심밖에 없는 남성들이 다가올 가능성도 있습니다. 성격이 야무져도 겉모습이나 행동에 따라 역시 그런 남자들을 끌어들일 수도 있습니다. 그러니까 '나한테 필요한 사람은 이런 사람' 하고 결정했으면 그런 사람을 끌어들일 전파를 발산하는 것이 아주 중요합니다.

정말로 필요한 단 한 사람을 얻기 위해서 자신의 마음가짐, 겉모습, 행동에 신경 쓰고 자신의 주변에 어떤 분위기를 만들어낼 것인가, 어떤 전파를 발산할 것인가를 생각해 봅시다. 틀림없이 그 전파에 동조해서 자신의 이상형의 사람이 모여들 겁니다. 그중에서 필요한 단 한 사람을 선택해 승부를 걸어봅시다. 그러면 꿈에 그리던 진짜 연애를 할 수 있게 될 것입니다.

끌린다

이 사람이다 싶은 사람에게 나를 알리기 위해서는 '절대로 선택받는 사람이 되겠다'는 기백도 어떤 의미로는 필요합니다. 안 될지도 모른다는 마음을 품은 채로는 좀처럼 자신의 진지함을 전하기 어려울 겁니다.

그러나 그렇다고 해서 매번 강속구를 던져 대면 상대도 피곤할 것입니다. '난 이렇게 좋은 점이 있어' 하고 밀어붙이기만 하면 상대에 따라서는 '이렇게 완벽한 사람에게 내가 안 어울리지 않을까?' 하고 느끼거나 선택하라는 압박을 당한다고 느낄지도 모릅니다.

자신의 좋은 점을 효과적으로 전달하기 위해서는 역시 강약을 섞어가며 어필하는 것이 중요합니다. 가끔은 시시한 농담에 웃거나 실패담을 털어놓아서 상대방이 마음을 열기 쉬운 틈을 만들어 친해지기 쉽다는 것을 알려둡니다. 그리고 이때다 싶을 때엔 마음으로부터 진지한 강속구를 던집니다. 이런 강약이 있으면 상대에게 주는 영향력도 커져서 그의 마음을 꽉 움켜쥘 수 있을 겁니다.

또한, 평소부터 상대에 대해 열심히 이해하려는 태도를 보이는 것도 약(弱)의 중요한 요령입니다. 같은 수준이 된다거나 같은 지식을 가질 필요는 없습니다. 그러나 일에 관해서 '그때는 그런 일이 있어서 힘들었겠어요', '정말 열심히 했어요' 정도는 말할 수 있을 만큼 평소에도 상대방을 지켜보고 이해하기 위해 노력하는 것도 중요합니다.

사람은 자신을 이해해 주고 공감해 주며 많은 것을 받아들이려는 것처럼 느껴지는 사람에게 끌리는 법입니다.

"이 사람은 날 제대로 알아주고 있어."

"열심히 이해하려고 노력하고 있어."

상대방이 당신에 대해 이렇게 느낄 수 있다면 당신의 진지한 마음도 충분히 상대방에게 전해질 것입니다.

좌우되지 않는다

유행을 아는 것도 자신의 장점을 살리기 위해서는 나름대로 중요한 것입니다. 유행에 신경 쓰지 않고 옷차림에 개의치 않으면 남에게 주는 인상도 약해지기 쉽고 뭐가 유행하는지 모르면 남들과 알찬 대화를 나누기도 힘들어질 겁니다.

그러나 유행을 아는 것과 유행에 따라 휘둘리는 것은 좀 다른 이야기입니다. 자신에 대한 확고한 개념을 가진 사람은 우선 삶의 방식을 확고히 지니고 있으면서 거기에 시대의 유행을 받아들여서 우아한 매력으로 바꿀 수 있는 사람입니다.

이런 사람에게서 느껴지는 매력은 어느 시대에도 변하지 않습니다. 시대가 변해도 많은 사람들이 어떤 면에서 우아하고 세련된 인상을 받고 매력을 느끼는지는 똑같은 법입니다.

만일 유행에 휘둘려서 그것만을 좇게 되면 이러한 진정한 매력을 가진 사람이 되기가 힘들어지지 않을까요?

유행을 따르면서도 정수는 자신 안에 담아둡시다. 본래 자신의 모습에 유행을 더해서 나만의 스타일을 창조해 나갈 수 있으면 정말로 매력 넘치는 사람이 될 수 있을 것입니다.

될 수 없는 사람의 경계선

사람과 사람의 관계는 예를 들어 지그소퍼즐 같은 것일지도 모릅니다. 자신의 퍼즐 조각과 상대방의 퍼즐 조각이 일치했을 때 서로 '이 사람이구나' 하고 알게 되는 것입니다.

따라서 근사한 연애를 하고 싶거나 훌륭한 일을 하고 싶거나 좋은 친구와 사귀고 싶을 때, 그러기 위해 필요한 사람을 어떻게 찾아낼지는 자신의 퍼즐 조각을 어떻게 만들 것인가에 따라 결정된다고 할 수 있습니다.

크고 매력적인 조각을 가진 사람과 조각을 맞추고 싶으면 자신의 퍼즐 조각도 크고 매력적으로 만들 필요가 있습니다. 또한, 상대방의 조각에서 빠진 부분에 넣을 수 있는 형태로 만들지 않으면 딱 들어맞지 않습니다. 바꿔 말하자면 사람은 자신에게 없는 것을 가진 사람, 자신에게 빠진 부분을 보충해 주는 사람에게 끌리고 매력을 느끼는 법입니다.

온몸에서 풍기는 분위기로 '당신에게 필요한 것을 가지고 있어요' 하고 말할 수 있으면 사람들은 그 사람에게 매력을 느끼고 필요한 사람이라고 실감할 것입니다.

연애의 경우에도 조각의 빠진 부분은 남성의 타입에 따라 달라집니다. 곱게 자란 도련님 타입이라면 가끔은 채찍질도 해줄 수 있는 강함을 보이는 편이 좋을 것입니다.

자신이 주도권을 쥐고 싶어하는 타입이라면 사소한 곳까지 신경 쓰고 배려해 주는 여성이 좋은 인상을 줄 수 있을 겁니다. 반대로 자신이 리드당하는 것을 좋아하는 수동적인 타입이라면 세심하게 이것저것 결정해 주는 여성을 좋아할 가능성이 높습니다.

장점을 많이 발견해서 자신의 퍼즐 조각을 크고 풍성하게 만들면 상대방에게 빠진 부분이 뭐든지 간에 상대방에게 맞춰서 필요한 것을 제공할 수 있을 것입니다.

"내가 아니면 안 돼. 내가 아니면 이 사람을 행복하게 만들어줄 수 없어."

이렇게 생각할 수 있는 자신을 만들어 그에게 있어 가장 소중한 존재가 되는 겁니다. 그러기 위해서는 자신의 삶의 방법을 생각하고 필요한 사람과 만나기 위해 자신을 단련하는 것이 중요합니다. 또한 자신의 개성을 최대한으로 발휘하고 필요한 것을 얻기 위한 구상을 다듬어서 실행하는 것도 중요합니다. 이 모든 것을 할 수 있으면 최후의 순간에 소중한 사람에게 선택받는 자신을 볼 수 있을 것입니다.

그때부터 사랑을 길러 나가면 자신에게 천생연분인 사람과 일생을 함께하는 것도 어려운 일이 아닐 겁니다.

　　　　　　　　"기다리기만 해서는 원하는
것을 얻지 못해."

　"스스로 움직이는 것이 행복해지는 지름길이야."

　이렇게 생각하면 사람은 점점 긍정적인 방향으로 나아갈 수
있습니다.

　내면의 재고 조사를 해서 장점을 재발견하고 그것을 갈고닦
으면 그 사람의 마음속에 '이런 점을 살려서 좀 더 노력해 보
자' 하는 마음도 생겨나게 됩니다. 이렇게 생각하게 되면 '아
무도 날 인정해 주지 않아', '난 왜 안 되는 거지?' 하고 생각

하던 과거의 자신과 확실히 결별할 수 있습니다.

무슨 일을 꼭 해내야 할 때 '못할지도 몰라' 하고 생각하는 것이 과거의 자신. 하지만 앞으로는 '할 수 있어'를 시작으로 '어떻게 하면 되지?' 하고 주체적으로 생각할 수 있게 될 겁니다.

'해본 적이 없어서', '내 쪽에서 손을 내미는 건 무서워서' 주저앉아 버렸던 일도 중심 인물을 찾아 자신을 알리거나 무슨 일이든지 배우겠다며 뛰어들게 될 겁니다. 또한 자신의 장점과 회사가 필요로 하는 것을 결부시켜서 자신을 PR할 수 있게 되는 등 꿈과 목표를 향해 적극적으로 행동할 수 있게 될 것입니다.

연애에서도 '내 마음을 받아주지 않아도 상관없어. 할 수 있는 데까지 해보자' 하고 생각해서 직접 부딪쳐 보자는 마음이 생겨날 것입니다. '난 당신을 위해 존재하고 있어', '난 당신 때문에 열심히 할 수 있어'라는 기분으로 부딪쳐 보면 진정한 연애를 할 수 있게 될 것입니다.

그러기 위해서는 역시 자신을 돌아보고 장점을 발견하여 그것을 열심히 갈고닦아서 빛나게 하는 것이 중요합니다. 뭔가를 열심히 하는 모습은 굉장히 매력적으로 보여서 보는 이의 가슴을 울리는 법입니다. 축구선수 베컴도 광고에서 싱긋 웃으며 초콜릿을 먹는 모습보다 땀투성이가 되어 경기장에서 공을 쫓는 모습이 더 멋지지 않습니까?

일도 연애도 열심히 하며 가장 중요한 순간에 큰 힘을 발휘할 수 있는 사람은 자신이 원하는 것, 소중한 것을 얻을 기회가 늘어나는 법입니다. 왜냐하면 원하는 것을 얻기 위해서 어떻게 해야 할지를 생각하고 실제로 행동할 수 있기 때문입니다. 물론 당신도 중요한 순간에 힘을 발휘할 수 있는 사람이 될 수 있습니다.

그러나 선택받은 순간이 목표의 끝이 아닙니다.

'내게 소중한 사람에게 선택받았다.'

이것은 컴퓨터 게임으로 말하자면 1단계를 통과한 단계입니다. 그 뒤로도 인간의 인생 80년 동안 남은 수십 년에 걸쳐 통과해야 할 2단계, 3단계가 아직도 기다리고 있습니다.

그 점을 잊지 말고 '소중한 사람에게 선택받는' 1단계 통과에 도전해 보는 것은 어떻습니까? 거기까지 생각해서 스스로 행동하는 사람은 무사히 최후의 단계를 통과하고 대미를 장식하는 해피엔딩을 즐길 수 있을 것입니다.